CHRISTINE TROY

BOSTON BILLIONAIRE BABY

IM BABYGLÜCK MIT MR. BIGBOSS

 Personen und Handlungen sind frei erfunden. Etwaige Ähnlichkeiten mit real existierenden Menschen sind rein zufällig und nicht beabsichtigt.

Korrektorat: SW Korrekturen

Covergestaltung: Michael Troy / MT-DESIGN

Verwendete Bilder: © edhar, www.123RF.com

© sepavo, www.123RF.com

© ovydyborets, www.123RF.com

ISBN: 9798375605050

Imprint: Independently published

Homepage: www.christinetroy.at

Facebook: www.facebook.com/ChristineTroyAutorin

Vorwort

Ihr Lieben,

es ist so weit! Endlich darf unsere „Boston Bllionaire Baby“-Reihe das Licht der Buchwelt erblicken. Das freut uns riesig, denn das Schreiben hat uns sehr viel Spaß gemacht.

Gabriel, Aiden, Owen, Nash, Harper und Andrew Nixon sind sexy Milliardäre aus Boston, die sich einem unerwarteten Ultimatum stellen müssen.

Wir hoffen, dass ihr beim Lesen ebenso viel Freude habt wie wir beim Planen und Umsetzen der Romane.

Eure „Boston Billionaire Baby“-Autorinnen,

Christine Troy, Lana Stone, Rebecca Baker, Ava Avery, C. R. Scott und Christina Young.

Für Sabine Hänfling.

Danke für deine wundervolle Unterstützung.

Kurzbeschreibung

Ein dramatischer Schneesturm, ein gerettetes Baby und eine schier ausweglose Situation, in der nur ein abgebrühter Milliardär helfen kann!

Sind das die Zutaten für die große Liebe oder für eine ausgewachsene Katastrophe?

Als ein heftiger Blizzard durch Boston tobt, findet Gabriel Nixon in einem verunglückten Auto ein Baby. Der Milliardär nimmt den Jungen mit, will ihn aber am liebsten direkt wieder loswerden. Denn als oberster Manager eines Hotel-Imperiums fehlt ihm fürs Babysitten sowohl die Zeit als auch der Sinn. Und so drückt er den Kleinen Kelbi Shipley von der Fürsorge in die Hände. Dumm nur, dass die den Jungen auf die Schnelle nirgendwo unterbringen kann. Also lassen die beiden sich notgedrungen auf einen Deal ein: Gabriel behält das Baby, bis Kelbi einen Platz für es findet. Als Gegenleistung steht sie ihm mit Rat und Tat zur Seite, wann immer er Hilfe braucht. Was ziemlich oft der Fall ist. Auffällig oft …

Prolog Gabriel

„Wunderschön", flüstert Tiffany, während ihr faszinierter Blick durch den festlich geschmückten Saal wandert. Ich schaue auf die Brünette neben mir hinab, deren Augen mit dem Paillettenkleid, das sie trägt, um die Wette funkeln. Wie bei den meisten Damen, die mich auf die Silvestergala im *Nixon Hotel* begleiten, sieht sich auch meine heutige Begleitung kaum satt an der stilvollen Einrichtung unseres Hauses. In etwa so, wie sich ein Großteil der anwesenden Herren nicht an ihr und dem hohen Schlitz ihres Kleides sattsieht. Keine Frage, mit ihren langen Beinen, den perfekten Brüsten und hohen Wangenknochen ist Tiffany eine wahre Schönheit. Ein scheinbar perfekter Fang. Doch was keiner der Anwesenden weiß, ist, dass sie keine Bekannte, sondern eine professionelle Escortdame ist. Sobald ich die Gala hinter mich gebracht habe, werde ich mich mit ihr zurückziehen und das neue Jahr mit einem Blowjob einläuten.

Bin gespannt, ob die Kleine so gut ist, wie mir versprochen wurde. Ein Blick auf die Grandmaster Chime an meinem

Handgelenk verrät, dass der Abend bald geschafft ist. Noch eine Viertelstunde bis Mitternacht.

„Gabriel?" Jemand legt mir eine Hand von hinten auf die Schulter. Als ich mich umdrehe, blicke ich in die braunen Augen meines Vaters. „Hast du einen Moment?"

„Natürlich." Ich beuge mich zu Tiffany. „Bin gleich zurück", sage ich mit gedämpfter Stimme. Dass sie sich auf kein tiefergehendes Gespräch mit einem der Anwesenden einlassen soll, brauche ich ihr nicht zu sagen. Sie ist ein Profi und weiß, wie sie sich in Kreisen wie diesen zu benehmen hat.

Tiffany nickt und ich folge meinem Vater. Als wir am Balkon vorbeikommen, fällt mein Blick ins Freie, wo ich meinen Bruder Aiden entdecke. Er unterhält sich seit einer gefühlten Ewigkeit mit ein und derselben Frau. Ich frage mich, wer sie ist und woher sich die beiden kennen.

„Kommst du?" Dad steht einige Meter vor mir und hält die Tür seines ehemaligen Büros für mich auf. Bevor wir vor Jahren den *Nixon Tower* im Herzen der Stadt bauen ließen und dahin umsiedelten, leitete er seine Geschäfte von hier aus. Neugierig, was er will, betrete ich den Raum, dessen Einrichtung in all der Zeit nicht verändert wurde.

„Bitte." Mit dem Glas Bourbon Whiskey, das er in der Hand hält, deutet er auf den Sessel vor dem altmodischen Schreibtisch und schließt die Tür hinter sich. Während ich Platz nehme, kramt er einige Erdnüsse aus der Hosentasche seines schwarzen Anzugs. Er ist süchtig nach den Dingern, knabbert ständig und überall.

„Geht es um das Tokio-Projekt?", erkundige ich mich. „Das Meeting mit Chao findet am neunten Januar statt. Wir haben den Termin heute fixiert."

Sean Nixon schüttelt den Kopf. „Deswegen habe ich dich nicht hergebeten."

Nicht? Die Stirn in Falten gelegt beobachte ich, wie er sich auf die Ecke seines alten Schreibtisches setzt, das Glas abstellt und eine Erdnuss schält, die er sich in den Mund steckt.

„Worum geht es dann?"

„Wer ist die Kleine, mit der du hier bist, wirklich?"

„Was meinst du? Sie ist eine Bekannte."

„Eine Bekannte, sicher."

Natürlich hat er meinen Schwindel durchschaut. Mein Vater ist ein weiser Mann, im Gegensatz zu den Einfaltspinseln da draußen macht man ihm nichts vor. Die Beine überschlagend und die Fingerspitzen aneinanderlegend messe ich ihn mit neutralem Blick.

„Sie ist eine Escortdame, richtig?"

Und wenn schon. Mit wem ich zur Gala komme, ist immer noch meine Sache. „Ist das wichtig?" *Wehe, er kommt mir jetzt mit irgendeinem Blödsinn von wegen: Das ruiniert unser Ansehen oder wirft ein schlechtes Licht auf die Firma. Tiffany ist keine billige Prostituierte.*

Mit einem bedauernden Seufzen greift er nach seinem Whiskey, kippt die bernsteinfarbene Flüssigkeit in einem Zug hinunter und stellt das leere Glas beiseite. Als er mich ansieht, liegt Entschlossenheit in seinen Augen.

„Ich habe lange genug zugesehen und einen Entschluss gefasst“, erklärt er.

Einen Entschluss? „Wovon sprichst du?“

„Davon, dass sich etwas ändern muss. Du weißt, dass ihr Jungs mein ganzer Stolz seid, aber dieses Playboyleben, das einige von euch führen, hat jetzt ein Ende.“

Playboyleben?

„Ich will mich kurzfassen, da das Feuerwerk gleich beginnt“, fährt er fort und legt die Erdnüsse neben das Glas. „Es wird Zeit, den Bestand unseres Imperiums zu sichern. Da du und deine Brüder kein Interesse zu haben scheint, eine Familie zu gründen, sehe ich mich gezwungen, die Sache selbst in die Hand zu nehmen.“

Nicht schon wieder. In letzter Zeit liegt er mir ständig mit dem Thema in den Ohren.

„Aiden, Owen, Nash, Harper, Andrew und du habt von heute an ein Jahr lang Zeit, um für Erben zu sorgen.“

Ungläubig lachend schüttle ich den Kopf. „Dein Ernst?“, frage ich, weil seine Miene sich verfinstert.

„Absolut. Jeder Einzelne von euch wird mir einen Erben schenken. Widersetzt sich auch nur einer meinem Wunsch, sehe ich mich gezwungen, euer Erbe anderweitig zu vergeben.“

„Du willst was?!“ Wie ein Pfeil schieße ich aus dem Sessel hoch. „Ich habe jahrelang wie ein Tier für dein Unternehmen geschuftet, und so dankst du es mir? Indem du mir die Stelle des CEOs verwehrst?“

„Gabriel, Junge“, sagt er mit sanfter Stimme, aber schwerer Zunge. „Dieses Ultimatum ist zu eurem Besten. Familie ist das Wichtigste im Leben.“ Er greift nach dem Glas und stellt es wieder ab, als er begreift, dass es leer ist. Wie es aussieht, hat er wirklich zu viel getrunken. Das beruhigt mich, denn ich weiß, dass Alkohol ihn sentimental macht.

Keine Frage, sein Ultimatum ist eine leere Drohung. Er würde uns Jungs nie enterben, nur weil wir ihm keine Enkelkinder schenken. Oder? Und selbst wenn es so wäre, würde ich auf diesen Deal nicht einsteigen. Bei allem, was recht ist, aber ich lasse mir von niemandem vorschreiben, wie ich zu leben und wann ich sesshaft zu werden habe.

1

Gabriel

"Das ist der schlimmste Schneesturm seit Beginn der Aufzeichnungen!“, dröhnt die aufgeregte Stimme des Moderators aus meinem Autoradio. „An alle Bürger Bostons, soeben wurde der Ausnahmezustand ausgerufen! Ich wiederhole – es wurde der Ausnahmezustand ausgerufen. Bitte bleiben Sie in Ihren Häusern und gehen Sie nicht vor die Tür.“

„Zu spät“, sage ich zum Radio und biege mit meinem Mercedes GLS auf die Second Street ab. Vor fünfzehn Minuten, als ich von meiner Wohnung aus in Richtung Büro aufgebrochen bin, fielen lediglich ein paar Schneeflocken vom Himmel. Sicher, im Fernsehen haben sie gewarnt, dass der Schneesturm „Hillary“, der uns heute erreicht, übel werden würde. Aber mit dieser Intensität hat niemand gerechnet. Das ist die verdammte Apokalypse! Nie zuvor bin ich in einen Sturm wie diesen geraten. Die Schneeflocken, die der Wind durch die Straßen jagt, sind so groß wie Kinderfäuste. Obwohl es acht Uhr morgens ist, ist es dunkel, als wäre es mitten in der Nacht. Es schneit so heftig, dass ich kaum über die Motorhaube meines SUVs hinaussehe. Wenn ich nicht hier aufgewachsen wäre und die Gegend wie meine Westentasche kennen würde, wäre ich verloren. Innerhalb weniger Minuten hat es gut und gerne zwanzig Zentimeter geschneit. So etwas habe ich noch nie erlebt! Es ist, als hätte der Himmel sämtliche Schleusen geöffnet und geplant, uns lebendig zu begraben. Blaues Licht dringt durch die weiße Wand vor mir. Ich stelle das Radio leiser. Da sind Polizei- und Krankenwagensirenen. Sie klingen weit weg, wie durch Watte gedämpft, doch da ich ihr Licht sehe, müssen sie in der Nähe sein.

Ein Windstoß erfasst meinen Wagen und drückt ihn zur Seite. Geistesgegenwärtig steuere ich dagegen und verhindere, dass ich von der Straße abkomme.

Bis zu meinem Büro im Nixon Tower *sind es noch zwei Kilometer. Bei dem Wetter eine halbe Weltreise. Besser, ich fahre ...*

Knarr ... KRACH!

Mein Sitz federt hoch und ich ziehe erschrocken die Schultern an. Etwas ist hinter mir auf Höhe der Rückbank auf das Dach geschlagen! Die Wucht des Aufpralls staucht den SUV zusammen.

„Verdammt!“ Aus einem Impuls heraus steige ich aus. Schnee peitscht mir ins Gesicht. Ich schlage den Kragen meines Mantels hoch. Ein Ast von der Größe eines kleinen Baums liegt auf meinem Dach. Er hat den hinteren Teil meines Wagens wie eine Coladose zusammengedrückt.

„Was zum Henker?“ Den Kopf in den Nacken legend, schaue ich in die Baumkronen über mir. Wie entstellte Finger zeigen ihre Äste gen Westen, biegen sich im Wind. Es ist eine Frage der Zeit, bis der nächste Ast bricht. Ich muss hier weg. Gerade will ich die Beine in die Hand nehmen und mich hinters Steuer klemmen, da dringt ein Geräusch an meine Ohren, das mir eine Gänsehaut verursacht. Wie zuvor die Sirenen klingt es gedämpft. Erst bin ich unsicher, ob mir meine Fantasie einen Streich spielt und ich nur das Heulen des Windes höre. Doch dann sehe ich ein rotes Leuchten. Es ist keine fünf Schritte weit von mir entfernt und durch die Wand von Schnee kaum zu erkennen. Die Augen zusammengekniffen gehe ich auf das Licht zu.

Ist das? ... Um Himmels willen, ja, da liegt ein Auto im Straßengraben!

Die knarrenden Baumkronen über mir ignorierend, springe ich in den Graben. Inzwischen bin ich sicher, mich nicht verhört zu haben. Da schreit ein Baby! Je näher ich dem Auto komme, desto deutlicher höre ich es. Mein Blick tastet über den Wagen. Der Motor ist aus, aber die Bremslichter und Scheinwerfer leuchten. Wie es aussieht, ist der Fahrer von der Straße abgekommen, den kleinen Abhang herab und in einen Baum gefahren. Die Motorhaube ist eingedrückt wie eine Ziehharmonika und die obere Hälfte des Baumes hängt bedenklich schief über dem Auto. Das sieht übel aus. Rasch lange ich nach der Fahrertür, will sie öffnen, doch sie klemmt.

„Hallo?!“, rufe ich und putze über die Scheibe, um einen Blick ins Innere zu werfen. Dabei erfasst mich eine Böe.

Schneeflocken malträtieren wie Hunderte winzige Nadelstiche meine Haut. Einen Arm hebend, versuche ich mein Gesicht zu schützen, während ich in den Wagen spähe. Jemand liegt über dem Lenkrad. Noch einmal rüttle ich an der Tür. Als ich sie nicht aufbekomme, versuche ich mein Glück an der hinteren. Zu meiner Erleichterung lässt sie sich öffnen. Rasch sinke ich auf die Rückbank.

„Wäh, wäh, wäh!" Die Schreie des Babys sind herzzerreißend und laut wie die eines Löwen. Eingewickelt in eine Wolldecke und mit einem himmelblauen Mützchen, das ihm über die Augen gerutscht ist, sitzt es in einer Babyschale auf dem Beifahrersitz. Die Nase des Kleinen trieft und seine Lippen sind blau. Im Auto ist es eiskalt. Nicht gut. Mein Blick fällt auf den Fahrersitz. Dort befindet sich eine blonde Frau. Sie wurde bei dem Aufprall gegen das Lenkrad geworfen. Ihr Gesicht ist zum Seitenfenster gerichtet, ihre Arme baumeln leblos herab. Wie es aussieht, wurde der Airbag nicht ausgelöst. Das ist schlecht.

„Hallo? Geht es Ihnen gut, soll ich einen Krankenwagen rufen?", frage ich, was angesichts der Lage hirnrissig ist. Natürlich braucht sie einen Krankenwagen. Zu meiner Verteidigung: Die Schreie des Babys sind nicht gerade hilfreich in dieser extremen Situation. „Sind Sie verletzt?" Ich beuge mich über die Mittelkonsole, berühre die Frau an der Schulter. Ein verdammt mieses Gefühl überkommt mich. Meine Hand wandert an den Hals der Fremden. Ihre Haut ist eiskalt. Zwei Finger an ihre Schlagader gedrückt suche ich den Puls, aber da ist nichts.

Eine Böe, die draußen ums Auto pfeift, reißt die Tür auf, durch die ich reingekommen bin.

„Verdammt!" Ich werfe mich zurück und angle nach ihr. Schnee wirbelt mir entgegen, als ich die Tür packe und zuknalle. Wie ich da auf der Rückbank sitze, vor mir die Tote und ihr schreiendes Baby, brauche ich einen Moment, um einen klaren Kopf zu bekommen. Schließlich ziehe ich mein Handy aus der Innentasche meines Mantels und wähle die 911. Es klingelt ...

Es klingelt?! Wird man normalerweise nicht sofort durchgestellt?

Ungeduldig fahre ich mir mit der Hand durchs Haar. „Komm schon, geh ran, geh ran ..."

Endlich, nach einer gefühlten Ewigkeit, eine gehetzte Stimme. „911, hier Notrufkoordinator 636." Im Hintergrund ist ein Durcheinander an Stimmen zu hören.

„Ja, hi! Gabriel Nixon hier. Ich brauche einen Krankenwagen in die ..." *Wo genau bin ich eigentlich?* Ich drehe mich auf der Rückbank herum, will einen Blick aus der Heckscheibe werfen, doch die ist zugeschneit. „... Second Street. Gegenüber dem *China Wall*-Restaurant würde ich sagen. Ich bin hier mit einer jungen Frau und ihrem Baby." *Zumindest gehe ich davon aus, dass es ihr Baby ist.* „Die Frau hatte einen Unfall. Sie ist in den Graben und gegen einen Baum gefahren."

„Ist sie ansprechbar?"

„Nein."

„Tun Sie mir den Gefallen und ..." Ein Knacken in der Leitung verschluckt, was auch immer die Frau am anderen Ende sagt.

„Wie bitte?"

„Ich sagte ..." Wieder ist da dieses Knacken.

„Tut mir leid, ich verstehe Sie nicht." „Lebt die Fahrerin?", schreit sie, als würde das an der Qualität der Verbindung etwas ändern.

„Ich ... glaube nicht." Meine Stimme wird tief.

„Sind Sie sicher?"

„Verdammt, ich bin kein Profi, schicken Sie einfach einen Rettungswagen."

„Das geht nicht." „Das geht nicht?" In welchem verqueren Universum geht das nicht?

„Alle Wagen sind im Einsatz."

Die Schreie des Babys werden heiser, weshalb ich einen Blick zu ihm auf den Beifahrersitz werfe. Sein Gesicht ist bläulich. Nicht gut, gar nicht gut. „Dann schicken Sie die Polizei!", brülle ich ungehalten.

„Tut mir leid, Sir, aber auch da sind alle Beamten im Einsatz."

„Wollen Sie mich verarschen?" Das ist doch ein schlechter Scherz.

„Ich wünschte, es wäre so ..."

Das Handy vom Ohr nehmend, stoße ich einen Schwall Flüche aus.

„Sir?", höre ich die Frau in der Zentrale. „... Sie das bitte prüfen?"

Gereizt fahre ich mir mit der flachen Hand übers Gesicht, ehe ich das Smartphone wieder ans Ohr halte. „Sir? Sind Sie noch dran?“ „Egal ob Kranken- oder Polizeiwagen, ich will, dass Sie jemanden vorbeischicken“, verlange ich. Daraufhin wird die Dame zornig.

„Hörn Sie zu, Mister, Sie sind nicht der Einzige, der auf Hilfe wartet. Da draußen sind Hunderte Menschen in Not. Wir tun, was wir können.“

„Verstehe.“ *Dann bin ich also auf mich allein gestellt.*

„Wissen Sie, wie man den Puls misst?“

„Natürlich!“, antworte ich gereizt.

„Dann tun Sie mir bitte den Gefallen und überprüfen Sie ihn bei der Fahrerin. In Ausnahmesituationen wie dieser sind wir angewiesen, zu triagieren.“ *Schöne Scheiße, so schlimm ist es also.*

„Augenblick.“ Weil ich keinen Fehler machen will, beuge ich mich vor und drücke meine Finger noch einmal gegen den Hals der Frau. Sie ist so tot wie der Motor ihres Autos. „Kein Puls.“

Die Frau in der Zentrale seufzt.

„Und jetzt?“ „Schnappen Sie sich das Baby und bringen es in Sicherheit.“

„Ich soll was?!“

„Laufen Sie zum nächstbesten Gebäude und klingeln Sie.“ „Mit dem Baby?“ Die spinnt doch! „Haben Sie mal aus dem Fenster gesehen?“

„Und haben Sie mal auf das Thermometer gesehen? Wenn Sie das Baby im Auto lassen, wird es erfrieren.“

Verdammt, da hat sie recht.

„Meinetwegen. Und dann?“

„Ich ...“ Wieder ein Knacken in der Leitung, diesmal dauert es länger, bis ich die Frau wieder höre. „... melden.“

„Wie bitte? Die Verbindung ist schlecht. Können Sie das wiederholen?“

„Ich sagte, ich habe Ihre Nummer notiert und werde mich bei Ihnen melden.“

„Wann?“

„Wann?!“ Sie klingt, als möchte sie mich für diese überflüssige Frage ohrfeigen.

„Sobald ich geklärt habe, wer ...“

Piiiiiiiiiep. Die Leitung ist tot.

„Hallo? ... Hallo?!“ Ich nehme das Handy vom Ohr. „Verbindung unterbrochen“ steht auf dem Display. „Shit!“ Hilflos stecke ich das Telefon ein und richte meinen Blick auf das Baby. Kleine Dunstwolken begleiten seine heiseren Schreie. Seine Wangen sind bläulich rot. Na schön. Ich beuge mich über die Mittelkonsole und löse den Gurt. Ungeschickt fummle ich an der Babyschale herum. Als ich sie befreit habe und zu mir auf die Rückbank heben will, entdecke ich eine Wickeltasche im Fußraum. Erst will ich sie hierlassen, doch dann wird mir bewusst, dass ich keine Ahnung habe, wann die Frau aus der Zentrale zurückruft oder besser: jemanden schickt. Also nehme ich sie sicherheitshalber mit. Den Träger der Wickeltasche über der Schulter, den Maxi Cosi in der Hand öffne ich die Tür. Eisiger Wind dringt in den Wagen. Noch immer ist ein Knacken in den Baumkronen zu hören. Mir ist nicht wohl bei dem Gedanken, mit dem Baby zurück zu meinem SUV zu laufen. Ich kann nur hoffen, dass kein Ast auf uns herabbricht. Einen Augenblick zögere ich, dann presche ich aus dem Wagen und laufe die verschneite Böschung hoch. Die Schreie des Säuglings mischen sich mit dem Geheul des Windes. Noch ein paar Schritte zu meinem Wagen. Mit vollem Gewicht stemme ich mich gegen eine Böe und kann mich dennoch kaum auf den Füßen halten. Der Sturm ist schlimmer geworden. So schnell ich kann, laufe ich auf mein Auto zu. In dem Moment, als ich die Tür öffne, kracht es hinter mir. Durch das Schneetreiben kann ich nichts erkennen, aber in meinem Kopf erwacht ein Bild. In Gedanken sehe ich, wie der Baum, in den die Frau mit ihrem Wagen gekracht ist, auf das Auto stürzt. Sollte sie noch am Leben gewesen sein, ist sie spätestens jetzt tot. Schaudernd verfrachte ich das weinende Baby in seiner Schale auf den Beifahrersitz meines Mercedes und werfe die Wickeltasche auf die Rückbank. Mit einem Knall reiße ich die Fahrertür zu. Außer Atem sitze ich da, neben mir der schreiende Säugling.

Und nun? So viel steht fest, ich muss hier weg. Aber wohin? Meine Wohnung ist viel zu weit entfernt, dasselbe gilt für den Nixon Tower.

Weil ich mich bei dem Lärm nicht konzentrieren kann, versuche ich, den Kleinen zu beruhigen. „Scht, schon gut“, sage ich und rücke das Mützchen zurecht. Überrascht hört das Baby auf zu weinen und blinzelt mich aus den größten blauen Augen an, die ich je gesehen habe.

Wow, Augen wie ein Engel, denke ich bei mir. Die Unterlippe des Kleinen beginnt zu zittern. Dann schiebt er sie vor, kneift die Augen zu und schreit, dass es mir in den Ohren klingelt. „Augen wie ein Engel und brüllen wie ein Löwe“, sage ich zu ihm, schaukle die Wippe und überlege, ob ich, wie mir die Frau aus der Notrufzentrale geraten hat, beim nächsten Haus klingeln soll. Doch dann kommt mir eine bessere Idee, wo ich mit dem Schreihals hinkann.

2

Kelbi

„Kelbi, ich hab Angst!" Den Blick zur Decke gewandt, klammert sich Jerome an meinem Arm fest. Wind pfeift durch den Dachstuhl des Waisenhauses. Es ist ein unheimliches Geräusch, erinnert an das Heulen von Wölfen. Kein Wunder, dass sich die Kids fürchten.

„Das brauchst du nicht", sage ich und streichle über die kurzen Locken des dunkelhäutigen Jungen. „Hier drinnen sind wir in Sicherheit." *Das hoffe ich zumindest.* Mein Blick wandert über die alten Mauern des Schlafsaals.

„Bist du sicher?", nuschelt Zachary um den Daumen herum, der in seinem Mund steckt. Seinen Teddy fest an sich gedrückt rückt er näher an mich heran. „Was, wenn die Wölfe uns fressen?"

„Du brauchst dir wirklich keine Sorgen zu machen, das ist nur der Wind."

„Und wenn es doch Wölfe sind?"

„Sind es nicht, versprochen.“ Ich versuche, ihn mit einem Lächeln zu beruhigen. „Und was haben wir zum Thema Daumenlutschen gesagt?“

Er verzieht das Gesicht und nimmt den Finger aus dem Mund. „Nur Babys nuckeln am Daumen.“ Zachary setzt sich auf seine Hand, vermutlich um sich selbst davon abzuhalten, den Finger direkt wieder in den Mund zu stecken.

„Ganz genau. Aber du bist kein Baby. Du bist schon fünf Jahre alt und ein großer Junge.“

„Ich bin sechs!“, verbessert er mich mit Stolz geschwellter Brust. Mein Lächeln vertieft sich. Natürlich weiß ich, wie alt Zac ist.

„Richtig, du hattest ja vor zwei Tagen Geburtstag. Ich sag ja, du bist ein großer Junge.“

„Es schneit so doll, dass dein Auto nicht mehr zu sehen ist, Kelbi.“ Suri, die vor der Fensterfront steht und auf den Parkplatz hinausschaut, wirkt beunruhigt. Mit ihren neun Jahren ist sie aktuell das älteste Kind im Waisenhaus. Wie eine Große hat sie die Arme vor der Brust verschränkt und ist bemüht, sich ihre Angst nicht anmerken zu lassen. „Was glaubst du, wann Leah zurück sein wird?“

„Das ist eine gute Frage“, gebe ich zu und versuche die Sorge, die sich in meiner Brust breitmacht, zu verdrängen. Einen Schneesturm wie diesen habe ich noch nie erlebt. Er ist beängstigend. Ich wünschte, ich wüsste, wie es Leah geht. Sie ist meine älteste und beste Freundin. Wir sind wie Schwestern. Niemand bedeutet mir mehr als sie. Wir zwei sind zusammen hier im St.-Marcus-Waisenhaus aufgewachsen. Es war die schönste Zeit unseres Lebens. Heute leitet Leah das Waisenhaus und ich arbeite für die *Administration for Children and Families* – die Kinder- und Jugendfürsorge – und somit eng mit ihr zusammen. Als sie mich gestern Abend anrief und mich bat, heute Morgen auf die Kids aufzupassen, damit sie Patrick zu seiner Adoptivfamilie bringen kann, habe ich sofort zugesagt. Normalerweise übernimmt Sally, ihre Gehilfin, Aufgaben wie diese. Doch die hat vor Kurzem geheiratet und ist nach Texas gezogen. Bis Leah einen Ersatz für sie gefunden hat, helfe ich aus, wann immer ich kann.

Ein Windzug lässt die Balken über uns knacken und Timmy, der auf meinem Schoß hockt, die Schultern anziehen. Er hat Angst. Die haben sie alle. Sogar Suri. Auch wenn sie sich tapfer gibt, sprechen ihre schreckgeweiteten Pupillen eine andere Sprache.

„Wisst ihr was?", sage ich zu ihr und den Kleinen, die um mich herum auf den Betten sitzen. „Ich rufe Leah noch mal an." Sie ist vor anderthalb Stunden aufgebrochen, um Patrick zu seinen neuen Eltern zu bringen, und müsste längst zurück sein. Zum fünften Mal innerhalb der letzten Stunde schnappe ich mein Handy und rufe sie an. Es klingelt, einmal, zweimal, dreimal ... beim vierten Mal werde ich wie bei meinen vorherigen Versuchen in die Mailbox geleitet.

Nicht gut.

Neue Sorge frisst sich wie Batteriesäure durch meine Brust. „Und?" Suri schaut mich erwartungsvoll an. Ihre roten Haare schimmern im Licht der Deckenlampe und ihr von Sommersprossen übersätes Gesicht wirkt wie eine Maske.

„Sie geht nicht ran“, sage ich und mache ein entschuldigendes Gesicht.

„Ich will zu Leah!“ Timmy, der am Stoff seiner Latzhose herumnestelt, beginnt zu weinen.

„Hey“, sage ich und streiche durch sein blondes Haar. „Kein Grund, traurig zu sein. Leah ist bestimmt gleich zurück.“ *Das hoffe ich inständig.*

„Versprichst du es?“ Timmy sieht aus seinen blauen Augen zu mir auf. Wie so oft hat er eine Rotznase. Als ich ein Taschentuch aus meiner Hose ziehe und seine Frage unbeantwortet lasse, bekommt es der Kleine erst recht mit der Angst zu tun. Mein Schweigen setzt ihm zu.

„Bitte, Kelbi!“ In seine Äuglein treten Tränen. „Versprich, dass Leah zurückkommt!“

Mit Versprechen bin ich vorsichtig. Schließlich habe ich am eigenen Leib erfahren, wie es für ein Kind ist, wenn Versprechen gebrochen werden.

„Du wirst sehen, es wird alles gut“, sage ich und putze ihm die Nase. Das ist nicht das, was der kleine Mann hören will. Er zieht die Brauen zusammen und formt mit den Lippen eine Schnute.

„Ich will, dass du es versprichst.“

„Und ich will ein Frühstück“, lenke ich vom Thema ab. „Wie siehts aus, habt ihr heute schon was gegessen?“

„Leah hat uns Pancakes gemacht“, nuschelt Zac um seinen Daumen herum. Ich schaue ihn vorwurfsvoll an.

„Tschuldigung." *Plopp* ist der Finger aus dem Mund. „Weil Patrick heute das letzte Mal zum Frühstück da war ..."

„... hat es Pancakes gegeben, richtig", erinnere ich mich an eine der Traditionen des St. Marcus. Schon als Leah und ich klein waren, gab es jedes Mal, wenn eines der Kinder adoptiert wurde, Pancakes zum Abschied. Mein Bauch grummelt. Allerdings nicht vor Hunger, sondern vielmehr vor Sorge.

„Hast du noch nichts gegessen?" Zac zieht mitleidig die Stirn kraus.

„Ich ..."

„Suri, Kelbi hat Hunger!", ruft er, ohne meine Antwort abzuwarten.

„Ehrlich?" Der Rotschopf hebt überrascht die Brauen. „Aber es ist gleich zehn." Die maskengleichen Züge auf ihrem Gesicht weichen einem hilfsbereiten Ausdruck.

Mein Hunger bringt die Kids auf andere Gedanken. Das ist gut. „Um ehrlich zu sein, habe ich heute noch nichts gegessen", gebe ich achselzuckend zu.

„Kein Problem!" Suri kommt zu mir und hebt Timmy von meinem Schoß. „Ich glaube, in der Küche sind noch Pancakes. Kommt, lasst uns nachsehen."

Umgeben von einer Schar Kindern verlasse ich den Schlafsaal und begleite Suri durch den Flur in den angrenzenden Trakt. Hier befinden sich die Küche und der neue Speisesaal. Ein Geschenk der Stadt zum hundertjährigen Jubiläum des Waisenhauses. Früher befand sich die Küche drüben im Haupthaus. Als wir klein waren, haben Leah und ich oft der Köchin beim Kartoffelschälen und Kochen geholfen. Die alte Küche hat gerade so genug Platz für uns drei geboten und war entschieden zu klein für das Waisenhaus. Die neue Küche, in die mich Suri jetzt führt, ist geräumig und aus Edelstahl.

„Hier!" Sie hebt einen Teller von der Ablage und löst die Folie darum herum. „Wusst ichs doch, dass noch welche da sind. Will sonst noch jemand?"

„Hier, ich!", meldet sich Jerome, und Peggy, das schüchterne neue Mädchen, hebt die Hand.

„Mein Bäuchlein hat auch schon wieder Hunger", bemerkt Timmy und reibt sich über die besagte Stelle.

„In Ordnung. Zac, setzt du dich bitte mit den anderen raus an die Tische? Suri und ich bringen das Essen."

„Ich?" Sein Finger ploppt aus dem Mund.

„Ja, du. Als Sechsjähriger zählst du doch zu den Großen und kannst solche Aufgaben übernehmen, oder?"

„Genau!" Ein stolzes Lächeln überzieht sein Gesicht. „Okay, ihr habt's gehört." Er legt Timmy und Jerome eine Hand in den Rücken. „Raus mit euch in den Speisesaal." Suri und ich schmunzeln und machen uns daran, Teller und Besteck zu richten. Wie üblich hat Leah viel zu viel gemacht, weshalb die Pancakes für alle reichen.

Leah ... Mein Blick fällt auf das Fenster, das in den Garten zeigt. Der Sturm tobt heftiger denn je. Tennisball-große Flocken wirbeln gegen die Scheibe, die bis zur Hälfte im Schnee versunken ist. Unglaublich, wie viel von dem weißen Zeug in kürzester Zeit gefallen ist. Allein in den paar Minuten, in denen wir vom Schlafsaal hier rüber in die Küche gegangen sind und uns unterhalten haben, sind locker fünf bis zehn Zentimeter hinzugekommen. Es ist beängstigend. Wenn das so weitergeht, ist das Waisenhaus bis Mittag eingeschneit. Ich bin weder ein abergläubischer Mensch noch jemand, der sich schnell fürchtet, aber das hier fühlt sich an wie der verdammte Weltuntergang. Meine Knie sind weich, meine Hände kalt vom Stress.

„Was, wenn Leah etwas zugestoßen ist?" Suris Stimme ist so leise, dass ich sie beinahe nicht höre. Mein Blick, der leer aus dem Fenster gerichtet ist, klärt sich. Ich drehe mich zu ihr um.

„Ich habe ein ganz blödes Bauchgefühl", sagt das Mädchen mit besorgt zusammengezogenen Brauen und spricht mir damit aus der Seele. Nicht zu wissen, wie es meiner besten Freundin geht, ist schrecklich.

Warum nur geht sie nicht an ihr Handy? Was, wenn ihr wirklich etwas zugestoßen ist? Kopfschüttelnd vertreibe ich meine finsteren Gedanken. *Leah geht es gut. Ich wette, es gibt eine simple Erklärung, warum sie nicht ans Telefon geht. Vielleicht hat sie ihr Handy auf stumm. Oder sie hat es im Auto liegen lassen, als sie Patrick an seine neue Familie übergeben hat. Ja, das ist es, so wird es sein,* beruhige ich mich selbst. *Sie hat das Handy im Auto vergessen.*

„Ich bin sicher, Leah geht es gut", sage ich voller Überzeugung. „Du kennst sie doch. Sie vergisst ständig etwas. Wetten, sie hat ihre Tasche im Auto liegen lassen, als sie Patrick ins Haus gebracht hat?"

„Das wäre möglich“, sagt die Kleine mehr zu sich selbst als zu mir. Und dann, Gott sei Dank, verschwinden die Sorgenfalten zwischen ihren Brauen.

„Komm“, sage ich um einen lockeren Ton bemüht. „Lass uns etwas essen. Ich bin sicher, mit vollem Bauch sieht die Welt gleich ganz anders aus.“

Gesagt, getan. Suri und ich tragen Teller, Besteck, Gläser, Milch, Pancakes, Puderzucker und Ahornsirup hinaus in den Speisesaal. Wie erhofft lässt das zweite Frühstück die Kleinen den Sturm für eine Weile vergessen. Mit Puderzucker und Sirup malen wir Gesichter auf die Pancakes.

„Hey, seht mal, wen ich gemacht habe!“ Glucksend zeigt Jerome auf das Gebäck auf seinem Teller. Ich habe keine Ahnung, wen sein Kunstwerk darstellen soll, erkenne nur Augen, Ohren und einen komischen Mund.

„Das ist Zachary!“

„Das soll Zac sein?“ Timmy, dessen Nase schon wieder trieft, legt den Kopf schief.

„Genau! Siehst du, das ist sein Daumen, an dem er lutscht.“

„Hey!“ Beschwert sich Zac, der tatsächlich gerade den Daumen im Mund hat. Ertappt zieht er ihn raus und versteckt die Hand hinter dem Rücken. Das bringt die Kids zum Lachen.

„Ich hab auch jemanden gemacht, den wir kennen. Schaut mal!“ Suri zeigt auf ihren Teller. Peggy und Timmy knien sich gerade auf die Bank, um besser zu sehen, da klingelt mein Handy.

Das muss Leah sein!

Aufgeregt ziehe ich das Smartphone aus meiner hinteren Hosentasche und werfe einen Blick auf das Display.

Dem Himmel sei Dank, sie ist es!

„Bist du das?“, höre ich Peggy fragen, während ich aufstehe und mich ein paar Schritte weit vom Tisch entferne.

„Weil das Gesicht Locken hat? Nein, das bin nicht ich“, antwortet Suri. Ich drehe den Kindern den Rücken zu und nehme den Anruf an.

„Leah, verdammt“, zische ich. „Warum zur Hölle meldest du dich erst jetzt? Die Kinder sind krank vor Sorge.“

„Das ist Jerome!“, tippt Timmy.

„Sicher nicht! Ich hab kurze Haare. Das da ist ein Mädchen.“

Während die Kids weiterraten, warte ich auf eine Reaktion seitens meiner Freundin.“ Doch da ist nichts ... nichts als eine gedämpfte Männerstimme im Hintergrund. Mir rutscht das Herz in die Hose.

„Leah?“ Immer noch keine Reaktion. Horrorszenarien spielen sich vor meinem geistigen Auge ab, während mir heiß und kalt zugleich wird. „Leah!“, rufe ich, was die Kinderstimmen hinter mir verstummen lässt. Einen grausam langen Moment herrscht vollkommene Stille, dann fällt mir ein Felsbrocken von der Brust, als ich die vertraute Stimme meiner Freundin vernehme. „Ja, bitte lassen Sie ihn einfach da stehen“, sagt sie und klingt dabei weit weg. Dann einen Augenblick später: „Kelbi?“ Jetzt klingt sie deutlich.

„Ja?! Leah? Wo bist du, was ist passiert?“

Sie seufzt erschöpft. „Das war vielleicht ein Morgen. Ich dachte, ich könnte Patrick noch vor dem Schneesturm zu den Meyers bringen, und bin voll hineingeraten."

„Bist du von der Straße abgekommen?" Dieser Gedanke lässt meinen Magen seit einer Stunde rumoren.

„Nein. Ich bin in der Unterführung vor dem *Babson College* stecken geblieben. Ich musste die Pannenhilfe rufen. Die haben Patrick und mich zu den Meyers gebracht. Leider habe ich meine Tasche im Auto vergessen."

Ich wusste es!

„Die Telefonleitungen sind tot, darum konnte ich nicht im Waisenhaus anrufen und deine neue Handynummer kenne ich nicht auswendig."

„Kein Ding, Hauptsache, es geht dir gut. Bist du noch bei Patricks Adoptiveltern?"

„Ja. Der Typ vom Abschleppdienst hat gerade mein Auto gebracht. Er meint, die Regierung hätte den Ausnahmezustand ausgerufen und dass alle angehalten sind, zu Hause zu bleiben."

„Das heißt, du kommst nicht zurück?" Ich spüre die Blicke der Kinder im Rücken.

„Würde ich gerne, aber draußen herrscht das reinste Chaos. Die Straßen sind unbefahrbar. Ich werde warten müssen, bis es Entwarnung gibt. Ich ..."

Ein lautes Knacken, das den Speisesaal erfüllt, unterbricht sie.

„Was war das?" *Gute Frage. Es klang, als hätte jemand einen Baumstamm wie einen Zahnstocher auseinanderge-*

brochen. „Wenn ich das wüsste." Besorgt schaue ich mich um. Im Speisesaal scheint alles okay zu sein.

„Geht es den Kindern gut?"

„Ja, alles okay."

Mein Blick hüpft auf die Knirpse, die mit blassen Gesichtern und angsterfüllten Augen am Tisch sitzen. Ich schenke den Kindern ein Lächeln, hoffe, meine Unsicherheit vor ihnen verbergen zu können.

„Das Geräusch kam von draußen", sage ich zu ihnen, um sie zu beruhigen. Tatsächlich klang es beängstigend nah. „Ich hab Angst, Kelbi." Timmy beginnt zu weinen.

„Na, na, wer wird sich denn wegen ein bisschen Schnee fürchten?", beruhigt ihn Suri, nimmt die Flasche Ahornsirup vom Tisch und steht auf.

„Ich muss Schluss machen", sage ich leise zu meiner Freundin. „Die Kids fürchten sich."

„Das kann ich mir vorstellen. Danke, dass du auf sie aufpasst. Ich verspreche, ich komme zurück, so schnell es geht." „Tu das."

„Und wenn was ist, ruf an."

„Ist gut."

„Komm, Timmy, wir zeichnen was auf deinen Pancake", sagt Suri und geht um den Tisch herum.

„Bis dann."

„Bis dann", verabschiede ich mich und lege auf, als ein gewaltiger Rumms die Halle erschüttert.

Timmy stößt einen Schrei aus, der mir durch Mark und Bein geht. Ein Beben fährt durch den Speisesaal. Ich strauchle, schaffe es aber, mich auf den Füßen zu halten.

Im Gegenteil zu Suri, die auf die Knie fällt. Ein weiteres Krachen, gefolgt von einem dumpfen Knall, dann ist Ruhe. Mein Herz rast. Es schlägt so heftig, dass ich das Gefühl habe, es springt mir aus der Brust. Ich schaue mich um. Der Speisesaal liegt unverändert still da. Nur eine der Lampen über uns flackert. Suri, die auf dem Boden liegt, sieht von der zerbrochenen Ahornsirupflasche, deren goldener Inhalt sich vor ihr ausbreitet, zu mir hoch.

„Alles okay bei dir?" Ich laufe zu ihr, helfe ihr auf die Beine. Dann huscht mein Blick zu den anderen Kindern. Zac hat die Hände über dem Kopf zusammengeschlagen und Peggy hält sich die Ohren zu. Ich gehe zu ihr, nehme das schüchterne, achtjährige Mädchen in die Arme. „Ganz ruhig, es ist nichts passiert", versichere ich, doch sie reagiert nicht.

Timmy, dem vor Schreck das Weinen vergangen ist, sitzt mit riesengroßen Augen da. Er schaut starr auf die Tür, die zum gegenüberliegenden Teil mit dem Schlafsaal führt. Alarmiert von seiner Reaktion folge ich seinem Blick.

Spinne ich oder dringt da Rauch unter dem Türspalt zu uns herein? Bitte nicht!

Mit immer noch rasendem Herz lasse ich von Peggy ab und nähere mich der Tür.

„Was tust du?", fragt Jerome. Seine Stimme ist ein panisches Krächzen.

„Ich will was nachsehen." „Nimm uns mit!" Suri läuft mir nach.

„Nein!", halte ich sie zurück. „Ihr bleibt hier. Ich bin gleich wieder da, versprochen." Timmy und einige andere

Kinder beginnen zu weinen. Sie scheinen zu spüren, dass etwas wirklich Schlimmes passiert ist. Wie schlimm wird mir klar, als ich die Tür öffne und eisige Kälte in meine Wangen kneift. Eine dicke Staubwalze rollt aus dem Flur in den Speisesaal. Ich trete einen Schritt zur Seite, huste und wedle mit der Hand. Es dauert einen Moment, bis sich der graue Schleier im Flur legt. Schnee wirbelt mir ins Gesicht, als ich einen Schritt vor die Tür wage und sehe, was passiert ist. Das Dach des Waisenhauses, es ist unter der Last des Schnees eingestürzt. Mein Blick tastet über die Trümmer. Mir wird schwindelig. Meine Heimat, mein Zuhause ... für immer zerstört.

3

Gabriel

"Da wären wir", sage ich in die Stille der Lobby des *Golden Lady Hotels* – des ältesten Hotels des *Nixon Imperiums*. Mein Großvater hat die Hotelkette – die meiner Familie zu Macht und Reichtum verhalf – vor 75 Jahren gegründet. Als COO bin ich der oberste Manager aller operativen Geschäfte des Unternehmens und nach meinem Vater, dem CEO, der Ranghöchste. Seit achtzehn Jahren arbeite ich für die Firma meines Vaters und habe sie in der Zeit zu einem weltweit angesehenen Imperium ausgebaut. Unsere Kette hat mehrere tausend Niederlassungen auf der ganzen Welt. Mit dem *Golden Lady* hat alles begonnen. Es ist der Grundstein von *Nixon Holdings* Für meine fünf Brüder Aiden, Owen, Nash, Harper, Andrew und mich ist es ein besonderer Ort, weil wir hier einen Großteil unserer Kindheit verbracht haben. Das Gebäude ist wie ein Stück Heimat. Oder wenigstens war es das. Denn gerade wird es saniert und ist mehr Baustelle als

Hotel. Deshalb ist außer mir und dem Winzling, den ich in der Babyschale bei mir trage, niemand hier.

„Hier sind wir fürs Erste in Sicherheit." Mein Blick senkt sich auf den schlafenden Säugling. Er ist auf dem Weg hierher eingenickt. Gott sei Dank, ich hätte sein Gebrüll keine Minute länger ertragen.

Waren meine jüngsten Brüder Harper und Andrew auch so laut?, geht es mir durch den Kopf, während ich die langen Wimpern und roten Wangen des Babys mustere. *Nein, ich glaube nicht. Oder zumindest kann ich mich nicht daran erinnern.*

Still und friedlich, wie der Knirps daliegt, fällt es schwer zu glauben, was für ein Organ er hat. *Er kann brüllen wie ein Löwe,* denke ich bei mir und beschließe, ihn „Leo" zu nennen. Der Name passt wie die Faust aufs Auge.

Leo zieht eine Schnute im Schlaf. Wahrscheinlich, weil er schlecht träumt.

Besser, ich sehe zu, dass ich ihn loswerde, ehe er aufwacht.

Vorsichtig stelle ich die Babyschale auf den nackten Betonboden, der bis vor gut einer Woche mit schwarz-goldenem Marmor bestach.

Eine Hand in der Innentasche meines Mantels versenkt, angle ich mein Handy hervor und entferne mich ein Stück – schließlich will ich den Kleinen nicht aufwecken.

Zuerst rufe ich in meinem Büro im *Nixon Tower* an, doch die Leitung ist tot. Also wähle ich die Handynummer meines Vaters.

Sean Nixon hebt nach dem dritten Klingeln ab.

„Gabriel?“ Er klingt besorgt. „Junge, bitte sag mir, dass du zu Hause und nicht in diesem Wahnsinn da draußen bist.“

„Ich bin im *Golden Lady*.“

„Du bist was?!“ Das klingt sowohl erschrocken als auch vorwurfsvoll. „Was um alles in der Welt …“

„Ich war auf dem Weg in die Firma“, unterbreche ich ihn, weil ich weder Lust noch Zeit für eine Rüge habe. „Heute steht das Meeting mit Tokio an.“

„Chao Industries“, erinnert er sich. „Pfeif auf das Meeting, du kannst nicht …“

„Auf dem Weg zum *Nixon Tower* habe ich ein Auto entdeckt, das von der Straße abgekommen ist.“

Vater wird still. Vermutlich, weil er sich gerade ausmalt, wie ich mich in den Sturm gewagt habe.

„Die Frau am Steuer war tot.“

„Grundgütiger“, flüstert er, und ich meine, ihn vor mir zu sehen. In seinem schwarzen Maßanzug, den grauen Haaren und markanten Gesichtszügen. Bestimmt zieht er gerade voller Sorge die dunklen Brauen zusammen.

„Auf dem Beifahrersitz war …“ Ein helles Schreien flutet die Lobby. Leo ist aufgewacht.

„Ein Säugling?!“ Dad klingt, als traue er seinen Ohren nicht.

„Ja, ein Säugling.“ Mit großen Schritten durchquere ich die Halle und schnappe den Griff der Babyschale. „Scht, scht“, mache ich und wippe das Teil auf und ab.

„Das ist ein Scherz!“

„Ich wünschte, es wäre so." Dass ausgerechnet ich, Gabriel Nixon, mich um ein Baby kümmern soll, ist Irrsinn. Ich bin ein Geschäftsmann, ein Karrieremensch und habe keinerlei Erfahrung mit Kindern.

Begleitet vom Plärren des Kleinen berichte ich meinem Vater, wie ich zu Leo gekommen bin.

„Und die Frau in der Notrufzentrale meinte, sie würde sich melden?", erkundigt er sich, als ich geendet habe. „Das sagte sie, aber so lange kann ich nicht warten. Ich brauche sofort jemanden, der sich um das Baby kümmert."

„Das wird schwierig. Im Fernsehen haben sie gebracht, dass der Sturm ganz Boston lahmgelegt hat. Im Süden der Stadt ist der Strom ausgefallen, Häuser und Bäume sind unter der Last des Schnees eingestürzt und das Festnetz ist tot."

Das erklärt, warum die Frau aus der Notrufzentrale plötzlich weg war. Verdammt!

Gestresst fahre ich mir mit der freien Hand durchs Haar. Sieht ganz so aus, als wäre ich fürs Erste hier eingesper-rt. Mein Blick huscht durch die Lobby und die verwaiste Rezeption.

Warum muss dieser Sturm ausgerechnet jetzt wüten? In einigen Wochen findet die Wiedereröffnung des Hotels statt. Dann schwirren hier jede Menge Leute herum. Aber heute bin ich allein.

„Was hast du jetzt vor?", kommt es vom anderen Ende der Leitung.

Berechtigte Frage. „Schätze, ich werde ein paar Anrufe tätigen, versuchen, jemanden für Leo zu organisieren."

„Leo? Heißt das Kind so?"

„Ja", lüge ich, weil ich weiß, dass es Vater nicht gefallen würde, wenn er wüsste, dass ich dem Jungen einen Namen gegeben habe. Er würde sich aufregen und sagen, dass ich einen Fehler mache – das Kind zu nah an mich heranlasse oder so was in der Art.

„Ich glaube kaum, dass du bei diesem Unwetter jemanden findest, der sich freiwillig vor die Tür wagt."

„Wir werden sehen", sage ich und beende das Gespräch.

Wie sich herausstellt, soll mein Vater recht behalten. Da das Festnetz nicht funktioniert, fallen sämtliche Behörden, die mir weiterhelfen könnten, weg. Mrs Adams, meine persönliche Assistentin, geht nicht an ihr Handy. Malroy, mein Chauffeur, der sich heute für die Beerdigung einer Tante freigenommen hat, berichtet, dass er und seine Familie in der St.-Joy-Kirche festsitzen. Mr Po, der Geschäftsführer des *Golden Lady Hotels,* und Miss Wood, die Hausdame, wagen sich nicht aus ihren Häusern. Po sagt, sein Auto wäre unter den Schneemengen verschwunden. Nur Brick, der Leiter meines Securityteams, hat sich nach draußen gewagt. Er steckt zusammen mit Hunderten anderen in einem riesigen Stau im Stadtzentrum fest.

Zwanzig Minuten lang versuche ich händeringend, jemanden zu organisieren, der herkommt und sich um den Kleinen kümmert. Vergebens. „Das darf doch nicht wahr sein!" Wütend nehme ich das Handy vom Ohr und gehe in der Halle auf und ab. Leo weint immer noch. Seine Schreie zermürben mich. Mein Telefon klingelt. Es ist meine Assistentin.

„Mrs Adams!“, hebe ich barsch ab. Sie weiß, dass ich oberste Priorität habe und sie jederzeit erreichbar sein muss. „Was ist los, warum gehen Sie nicht an Ihr Telefon?“

„Ich bin im Krankenhaus, ich hatte auf dem Weg zur Arbeit einen Autounfall.“

Verdammt. „Ist Ihnen was passiert?“

„Der Arzt meint, ich hätte ein Schleudertrauma und eine angeknackste Halswirbelsäule.“

„Das tut mir leid zu hören“, sage ich, doch Leos Schreie übertönen meine Stimme.

„Wie bitte?“

„Ich sagte ...“

Wääähh!

„Sagen Sie, Sir, ist da ein Baby bei Ihnen?“ Der Unglaube in Mrs Adams’ Frage ist unüberhörbar.

„Ja. Deswegen rufe ich Sie an.“ Wääähh! Wieder versuche ich den Kleinen zu beruhigen, indem ich seine Schale hin und her wiege. „Wenn ich nur wüsste, warum er nicht aufhören will zu schreien.“

„Vielleicht hat er Hunger.“

Hunger? Das könnte sein. Mein Blick fällt auf die Wickeltasche, die ich umgehängt und fast vergessen habe.

„Oder eine volle Windel“, überlegt meine Assistentin.

„Meinen Sie?“ Bitte nicht! Ich hebe den Kleinen mitsamt der Schale hoch und schnuppere an ihm. „Baaah!“

„Es ist die Windel“, kommt es wissend von Mrs Adams. „Haben Sie etwas da, um das Kind frisch zu machen?“

„Ob ich etwas dahabe? ...“ Erneut fällt mein Blick auf die Tasche. „Möglich ... aber das kann ich nicht!“ Bei allem, was recht ist, ich werde auf keinen Fall eine Windel wechseln!

„Dann finden Sie jemanden, der es kann.“

Haha! „Und wen? Ich bin allein mit dem Knirps.“

Wääählı!

Leos Schreie hallen unaufhörlich durch die Lobby.

„Wo sind Sie denn?“

„Im *Golden Lady Hotel*.“

Wääähl!

Ich raufe mir das Haar, verzweifle ab der Lautstärke.

„Was wollen Sie denn da? Sie ... Ach, was solls.“ Langsam verliert auch sie die Nerven angesichts des Lärms. „Wenn Sie wollen, dass das Kind Ruhe gibt, dann müssen Sie seine Windel wechseln.“

„Das ist keine Option.“ Allein bei dem Gedanken schüttelt es mich.

„In dem Fall müssen Sie den Sturm abwarten und hoffen, dass die Straßenräumdienste dem Chaos da draußen Herr werden.“

Was gut und gerne einen Tag oder länger dauern dürfte. Verdammt! „Kann ich was falsch machen beim Windelnwechseln?“, ergebe ich mich. Mit fünf kleinen Brüdern weiß ich, wie man eine Windel wechselt. Zumindest theoretisch. Ich habe dem Kindermädchen oft genug zugesehen, wenn sie

Andrew gewickelt hat. Aber ich habe es noch nie selbst gemacht.

„Nicht wirklich. Wenn Sie Einwegwindeln haben, schauen Sie, dass sie gut sitzt. Nicht zu eng und nicht zu locker ... die Sauerei, wenn das Ding zu locker ist, wollen Sie nicht."

„Nicht zu eng und nicht zu locker", wiederhole ich.

„Im Grunde kann nicht viel schiefgehen."

Ihr Wort in Gottes Ohr, denke ich bei mir. Aber Mrs Adams wird schon wissen, wovon sie spricht, immerhin hat sie selbst drei erwachsene Kinder.

„Und dann ist Ruhe?"

„Das hoffe ich. Wenn nicht, dann braucht das Kind ein Fläschchen."

Okay, bei Fläschchen bin ich endgültig raus. „Keine Ahnung, wie man so was macht."

„Das ist nicht schwer. Steht alles auf der Packung."

Wäääh!

Langsam, aber sicher werden Leos Schreie rauer. Er steigert sich in einen regelrechten Weinkrampf.

„Verstehe, dann weiß ich Bescheid." Mit diesen Worten lege ich auf und steuere das Treppenhaus an. Wenn ich es richtig im Kopf habe, sind die Renovierungen in der obersten Etage bereits abgeschlossen.

Tatsächlich sind die Bauarbeiten hier oben beendet. Die altbackenen Teppiche sind dunklen Hartholzböden gewichen, die Wände cremefarben gestrichen. Lampen, Tische, die Badezimmereinrichtungen und Betten, alles ist in Schwarz und Gold gehalten. Die Zimmer sehen elegant aus, genau so, wie ich es haben wollte. Mit dem schreienden Baby steuere ich blindlings eines der Zimmer an, wo ich den Kleinen in seiner Babyschale auf das Bett stelle. Hinter meinen Schläfen pocht es. Von der Schreierei habe ich Kopfschmerzen. Ich würde fünf, ach, was sage ich, zehn Millionen Dollar zahlen, wenn ich das, was vor mir liegt, abgeben könnte. Aber das geht nicht. Also muss ich da durch, ob ich will oder nicht. Ich lege die Wickeltasche aufs Bett, schlüpfe aus meinem Mantel und werfe ihn daneben. Dann löse ich die Manschettenknöpfe meines Dreiteilers und kremple die Ärmel hoch.

„Na dann", sage ich zu Leo, öffne die Gurte über seiner Brust und hebe ihn aus der Schale. Der Kleine ist leicht, wiegt vielleicht fünf Kilo. Sein Mützchen ist wieder über seine Augen gerutscht, was ihm gar nicht passt. Ich lege ihn aufs Bett, nehme die Mütze von seinem Kopf, woraufhin ein blonder Flaum zum Vorschein kommt. An den Schläfen ist sein Haar feucht. „Du schwitzt ja."

Die Schreierei scheint nicht nur mich anzustrengen. Ungeschickt schäle ich ihn aus dem blauen Jäckchen, das er anhat, und öffne die Druckknöpfe seines Stramplers. Die Augen zusammengekniffen, die Händchen zu Fäusten geballt, brüllt der Kleine, als würde sein Leben davon abhängen. „Ist ja schon gut. Gleich haben wir es geschafft." Eine übel riechende Wolke steigt von dem Kleinen auf, als ich die Klettverschlüsse seiner Windel löse. Als ich sie aufklappe, schlägt mir der Gestank wie eine Faust ins Gesicht. Ich würge und Tränen steigen mir in die Augen. „Großer Gott. Wie kann ein so kleines Kind so fürchterlich stinken?" Als wäre der Geruch nicht genug, ist der Kleine über und über mit dem grüngelben Haufen, den er gemacht hat, verschmiert. Hilfe suchend schaue ich mich um, während Leos Schreie meinen Kopf fast zum Platzen bringen.

Die Wickeltasche! Ich ziehe sie zu mir heran und durchforste ihren Inhalt. Fläschchen, Feuchttücher, Kleidung, Rasseln, Schnuller und Wegwerfwindeln. Gott sei Dank! Rasch schnappe ich mir eine, plus die Feuchttücher – mit so ähnlichen hat das Kindermädchen Andrew damals auch sauber gemacht – und widme mich wieder dem Baby. Leo strampelt und fuchtelt mit den Fäusten.

Augenblick ... was klebt da an seiner linken Ferse ... ist das?

Ich krümme mich vor Ekel, kann den Kaffee, den ich zum Frühstück hatte, nur mit Mühe bei mir behalten. Das darf nicht wahr sein! Der Kleine hat beim Strampeln sein Füßchen in die Sauerei in seiner Windel getaucht. Instinktiv packe ich seine Beine, ehe er sich noch schlimmer einsaut, und stehe hilflos da. Was jetzt? Leo brüllt noch immer wie am Spieß, seine Wangen sind tränennass, und ich bin kurz davor, schreiend davonzulaufen.

„Ganz ruhig, Gabriel", spreche ich mir Mut zu. „Du schaffst das." Dann fällt mein Blick auf den Schnuller, den ich mir kurzerhand schnappe und dem Kleinen in den weit aufgerissenen Mund stecke. Ich kann es kaum fassen, doch von einem Moment auf den anderen herrscht Stille. Wohltuende, herrliche Stille.

„Na bitte, geht doch", sage ich zu dem Baby, das aus großen tränenverhangenen Augen zu mir aufsieht und fest am Schnuller saugt. „Okay, kleiner Kumpel." Ich nehme mir eines der Feuchttücher aus der Verpackung und zeige es ihm. „Ich will das hier genauso wenig wie du. Aber wie es aussieht, müssen wir da durch. Weißt du was? Lass uns einen Deal machen. Du lässt die Schreierei und hältst still, und ich verspreche dir im Gegenzug, mich zu beeilen. Abgemacht?"

Leo blinzelt. Als hätte er verstanden, was ich gesagt habe, bewegt er sich keinen Millimeter, während ich mich – nicht ohne ein weiteres Mal zu würgen – um das Häufchen in seiner Windel kümmere.

4

Kelbi

5051 Tote, über 10.000 Vermisste, eine halbe Million Haushalte ohne Strom und fließend Wasser und zwanzigtausend Menschen ohne Dach über dem Kopf, das hat Hillary, der schlimmste Schneesturm in der Geschichte Massachusetts, bisher gefordert. Und die Zahlen steigen weiter an. Auch jetzt noch, 78 Stunden später, finden die Einsatzkräfte unter Trümmern oder begraben von Schneemassen weitere Opfer. Es ist schrecklich. Doch in dieser düsteren Zeit zeigt sich, dass wir Menschen besser sind als gedacht. Wir helfen zusammen, sind füreinander da.

Wie die Einsatzkräfte der Polizei, Rettung und Feuerwehr arbeiten auch wir von der Fürsorge rund um die Uhr. Hillary hat Dutzende Kinder zu Waisen gemacht, weshalb unser Team unermüdlich auf der Suche nach Notunterkünften ist. Mein Handy hat in den letzten Tagen mehr geklingelt als im kompletten vergangenen Jahr.

Eines ist sicher: Dies sind Bostons dunkelste Stunden.

„Rein mit euch, hier seid ihr fürs Erste in Sicherheit“, sage ich und drücke die Tür zum Turnsaal des *Maplewood Kindergartens* auf.

„Das ist ja winzig!“ Leah, die gefolgt von den Kids den Raum betritt, fährt sich mit den Händen durch ihr kurzes, schwarzes Haar. Sie schüttelt den Kopf. „Hier haben wir unmöglich alle Platz.“

Mein Blick huscht durch den geschätzt fünf mal fünf Meter kleinen Raum. „Es wird auf jeden Fall eng“, gestehe ich ein. „Aber in der Kürze der Zeit war nichts Größeres zu finden.“

„Da ist ja der Speisesaal geräumiger.“

„Und gefährlicher“, erinnere ich sie. Ich weiß, da wäre sie lieber. Doch es kommt nicht infrage, dass Leah und die Kinder auch nur eine Stunde länger dort verbringen. Beim Einsturz ist ein Teil des Waisenhausdaches auf den Anbau mit dem Speisesaal und der Küche gekracht. Weshalb der Anbau womöglich selbst einsturzgefährdet und alles andere als ein sicherer Ort ist.

„Kelbi?“ Timmy zupft an meinem Mantel und sieht zu mir auf. Unter seiner Nase hängt schon wieder Schnodder.

„Was gibts?“ Ich sinke vor ihm auf die Knie, damit ich mit ihm auf Augenhöhe bin, hole ein Taschentuch hervor und mache ihn sauber.

„Ist das unser neues Zuhause?“

„Bis ich etwas Besseres gefunden habe, ja.“

„Aber ich will nicht hier sein. Es stinkt nach Käsefüßen. Außerdem habe ich Mr Pig im Waisenhaus vergessen. Er ist ganz allein. Bestimmt hat er Angst.“

Mein Handy klingelt zum gefühlt hundertsten Mal an diesem Tag. Dabei ist es erst acht Uhr morgens. Ich lasse es läuten, will mich erst um Timmy kümmern, in dessen Augen Tränen schwimmen.

„Wo genau hast du denn Mr Pig vergessen?" Ich überlege, ob er das Plüschtierschweinchen bei sich hatte, als wir aus dem Schlafsaal rüber in den Anbau gegangen sind, kann mich jedoch nicht erinnern, es gesehen zu haben.

„Er liegt in meinem Bett."

Das habe ich befürchtet.

„Was, wenn ihn das Dach zermantscht hat? Oder ihm kalt ist?"

„Timmy", sagt Leah und legt dem Fünfjährigen eine Hand auf die Schulter. „Ich hab dir doch gesagt, dass du dir keine Sorgen machen musst. Mr Pig und all den anderen Spielsachen geht es gut."

„Weil sie im Spielzeughimmel sind, aber ich will das nicht! Ich will mein Schweinchen!" Timmy, der normalerweise immer gut gelaunt ist, drückt sich die Fäuste auf die Augen und weint. Die letzten Tage waren für uns alle schwer, aber besonders für die Kinder.

„Hey, schon gut", sage ich und nehme ihn in die Arme. „Weißt du was?", flüstere ich ihm ins Ohr, damit Leah nichts mitbekommt. „Ich besorge dir einen neuen Mr Pig. Aber pst, das ist unser Geheimnis."

Leah ist dagegen, den Kindern einfach so unterm Jahr Geschenke zu machen. Das sorgt für Streit, weil sich die anderen benachteiligt fühlen. Aber ich habe nicht vor, nur Timmy, sondern alle Kinder zu beschenken. In Anbetracht dessen, was sie erlebt haben, ist eine kleine Aufmunterung hoffentlich erlaubt.

Timmy schlingt seine Ärmchen fester um mich. „Du bist die Beste, Kelbi", sagt er dankbar.

Mein Handy, das gerade verstummt ist, klingelt erneut. „Das mache ich gerne", versichere ich und löse mich von dem Kleinen, um den Anruf anzunehmen. „Franklin, was gibt's?", begrüße ich meinen Vorgesetzten und entferne mich ein paar Schritte weit von Leah und den Kindern, die den Turnsaal inspizieren. „Kelbi, gut, dass ich dich erreiche. Du musst sofort zum *Nixon Hotel* fahren."

„Kann das warten? Ich bin gerade dabei …"

„Nein, das kann nicht warten", fällt er mir ins Wort und klingt dabei gestresst, was untypisch für ihn ist. Der Mann ist normalerweise die Ruhe selbst. „Du musst sofort los. Anweisung von ganz oben."

Anweisung von ganz oben? So was gabs noch nie. „Was ist passiert? Ist ein Präsidentenkind in Gefahr?", scherze ich, was mein Vorgesetzter nicht komisch findet.

„So etwas in der Art. Tu mir den Gefallen und fahr zum Hotel. Gabriel Nixon erwartet dich."

Mir fällt die Kinnlade herab. „Gabriel Nixon von *Nixon Holdings*?!" *Er ist einer der einflussreichsten Junggesellen der Stadt. Wie alle Nixon-Männer ist er verboten attraktiv und milliardenschwer. Was, bitte, könnte jemand wie er von der Fürsorge wollen? Soweit ich weiß, hat er keine Kinder.*

„Ganz genau. Tu mir bitte den Gefallen und mach dich gleich auf den Weg." „Ich … natürlich."

„Und ruf mich hinterher an."

„Alles klar. Ich melde mich.“ Damit beende ich unser Gespräch, verabschiede mich von Leah und den Kids und mache mich auf den Weg.

Nun, da das Schlimmste überstanden ist und die Straßen einigermaßen geräumt sind, nimmt das Leben in Boston langsam wieder seinen Lauf. Es herrscht jede Menge Verkehr, weshalb ich für die Drei-Kilometer-Strecke vom Kindergarten bis zum *Nixon Hotel* satte vierzig Minuten brauche. Am Hotel angekommen, stelle ich meinen Wagen neben ein eingeschneites Auto. Ein Blick in den Spiegel unter der Sonnenblende bestätigt meine Vermutung. Ich sehe fix und alle aus. Unter meinen Augen liegen dunkle Ringe und ich bin ungewöhnlich blass. Das normalerweise tiefe Blau meiner Augen wirkt matt und kraftlos. Ebenso wie meine blonde Mähne, die ich mit einer Spange am Hinterkopf zusammengenommen habe. Ich löse die Spange und schüttle meine Locken auf. Dann krame ich einen Labello aus meiner Tasche und gebe etwas davon auf meine spröden Lippen. Das muss reichen. Ausgezehrt vom Schlafentzug der letzten Tage steige ich aus und gehe auf das mehrstöckige Gebäude zu. Ein roter Teppich führt zu einem pompösen, in Gold gehaltenen Eingang, wo ein bulliger Kerl in schwarzem Anzug und mit einer Sonnenbrille auf der Nase steht.

„Miss Shipley?“, fragt er.

„Die bin ich.“

Er nickt und öffnet die Tür für mich. „Mr Nixon erwartet Sie bereits.“

Mich am Träger meiner Handtasche festhaltend, folge ich dem Mann in die Lobby. Die ist eine einzige Baustelle. Nur der Empfangstresen, der wie eine unberührte Insel aus dunklem Marmor neben dem Aufzug thront, lässt erahnen, wie nobel das Hotel ist. So, stelle ich mir vor, leben die oberen Zehntausend.

„Wenn Sie mir bitte folgen würden?" Der Anzugträger steuert das Treppenhaus an. „Das Hotel befindet sich gerade im Umbau, weshalb der Fahrstuhl außer Betrieb ist."

„Verstehe."

Der Mann bringt mich in den sechsten Stock. Wie auch im Rest des Gebäudes ist es hier oben mucksmäuschenstill. Keine Arbeiter, keine Angestellten. Das Gebäude wirkt wie ausgestorben. Vor einer der Zimmertüren bleibt mein Begleiter stehen und bedeutet mir einzutreten. Ich hebe die Hand, will anklopfen.

„Nicht", sagt der Mann. „Gehen Sie einfach rein."

Oookay. Skeptisch eine Braue hebend, drehe ich am goldenen Knauf, trete ein und staune nicht schlecht. Das Zimmer ist unglaublich. Ein dunkler Holzboden, cremefarbene Wände mit teuer aussehenden Gemälden in schweren Goldrahmen und eine Einrichtung, von der Otto Normalverbraucher wie ich nur träumen können. Nie zuvor war ich in einem auch nur annähernd luxuriösen Hotel. Das Herzstück des Zimmers ist das Kingsize-Bett zu meiner Rechten. Dunkle Laken, tonnenweise cremefarbene Kissen mit Goldstickerei und ... was ist das? Liegt da etwa ein ...

„Miss Shipley“, erklingt eine Männerstimme. Ich drehe den Kopf, sehe aus dem angrenzenden Raum – dem Badezimmer, wie ich vermute – einen Mann auf mich zukommen.

Grundgütiger! Das ist er, Gabriel Nixon. Und er sieht tausendmal besser aus als in den Interviews und Zeitschriften, in denen ich ihn gesehen habe. Der Mann ist gut und gern einen Meter fünfundachtzig groß, hat breite Schultern, einen gepflegten Bart, volles dunkelblondes Haar ... und dann diese Augen. Ist das turmalingrün? Wow. Ich bin hin und weg.

„Endlich sind Sie hier“, sagt er und bleibt in seinem schicken Dreiteiler vor mir stehen.

Ich will gar nicht wissen, was der Anzug gekostet hat. Bestimmt mehr als mein halbes Jahreseinkommen.

Neben ihm wirke ich in meinem üblichen Bluse-Bleistiftrock-Mantel-Pumps-Outfit geradezu underdressed. Unbehaglich rolle ich mit einer Schulter, lasse mir jedoch meine Verlegenheit nicht ansehen.

„Wissen Sie, wie lange ich schon warte?“ Eine Zornesfalte gräbt sich zwischen seinen fantastischen Augen senkrecht in die Stirn.

„Tut mir leid“, entgegne ich und füge im Geiste hinzu: *Warten müssen dieser Tage viele.* „Was kann ich für Sie tun?“

Meine Worte schwächen den finsteren Ausdruck auf seinem Gesicht nicht im Geringsten ab.

„Ich habe etwas oder genauer gesagt *jemanden* für Sie“, erklärt er und geht auf das Bett zu. Ich folge ihm und entdecke – eingekuschelt in eine Wolldecke und mit einem

Teddybären neben sich – ein schlafendes Baby. Es dürfte zwei, vielleicht drei Monate alt sein. Das Kleine ist zuckersüß, hat lange dunkle Wimpern, einen blonden Flaum auf dem Kopf und die Lippen zu einem spitzen Mündchen geformt. Sofort erwacht ein mütterlicher Beschützerinstinkt in mir, den ich niederringe.

„Ihr Kind?“, frage ich stattdessen und sehe zu dem hochgewachsenen Mann neben mir auf.

„Großer Gott, nein! Ich habe den Kleinen während des Sturms in einem Auto gefunden, das von der Straße abgekommen war. Er war allein, die Frau hinterm Steuer war tot.“

„Oh.“ Eine weitere Horrorgeschichte, von der ich wünschte, sie wäre mir erspart geblieben. In den letzten Tagen habe ich viel zu viele davon gehört.

„Die Dame von der Notrufzentrale hat mich überredet, ihn mitzunehmen, und versprochen, sich wieder zu melden.“

„Was sie nicht getan hat“, vermute ich.

„Nein.“ Eine Ader an seinem Hals schwillt an – zeigt seine unterdrückte Wut.

„Das wundert mich nicht. Das System ist komplett überlastet.“

Gabriel sieht nicht so aus, als würde das für ihn die Situation rechtfertigen. „Darum habe ich die Sache selbst in die Hand genommen und Sie herbestellt“, erklärt er und richtet den Blick auf den Säugling. „Nehmen Sie Leo mit“, verlangt er mit kalter Stimme, doch der Ausdruck in seinen

Augen verrät seine wirklichen Gefühle. Ich sehe Zuneigung und stilles Bedauern. Er mag den Kleinen.

„Leo, ist das sein Name?"

Gabriel blinzelt und macht ein finsteres Gesicht. „Nein, den Namen habe ich ihm gegeben. Ich weiß nicht, wie er heißt."

„Verstehe. Seinen richtigen Namen werden wir schon herausfinden. Allerdings ..." Ein Klopfen an der Tür unterbricht mich.

„Ja?!" Der Milliardär dreht sich nicht um, als eine schlanke Frau Mitte fünfzig mit grauer Hochsteckfrisur und einer Krause um den Hals den Raum betritt.

„Mr Nixon, die Möbel sind hier."

Möbel? „Zu spät." Sein dominanter Tonfall lässt eine Gänsehaut über meine Arme kriechen. Gabriel ist ein einschüchternder Mann. Zu meiner Überraschung stelle ich fest, dass ihn sein herrisches Auftreten noch anziehender macht. „Sie sollen die Möbel wieder mitnehmen. Nein, warten Sie." Er wendet sich mir zu, sieht aus seinen turmalingrünen Augen auf mich herab. „Wir spenden sie." Sein neugieriger Blick tastet über mein Gesicht. „Ich schätze, in Zeiten wie diesen können Sie Gitterbetten, Wickelkommoden und dergleichen gebrauchen?"

„Schon, aber ..."

„Zurück in den Transporter", weist er die Frau an. „Miss Shipley wird entscheiden, wo die Möbel hingebracht werden."

„Sehr wohl, Sir." Die Grauhaarige nickt und zieht die Tür im Gehen zu. Das Klicken ist laut genug, um das Baby zu stören. Es jammert im Schlaf, was Gabriel hektisch nach dem Teddy neben ihm greifen lässt. Vorsichtig schmiegt er das Plüschtier an die Wange des Säuglings, den die Nähe beruhigt.

„Sie machen das gut", lobe ich und erkenne an der Art und Weise, wie er das Deckchen des Kleinen zurechtrückt, dass er ein Händchen für Babys hat. Auf mein Lob geht der Mann nicht ein. Stattdessen holt er aus der Ecke des Zimmers eine Babyschale.

„Hier, die werden Sie für den Transport brauchen."

„Transport?" Das klingt, als ginge es um eine Ware.

„Sie wissen schon." Gabriel macht eine unwirsche Handbewegung. „Für Ihr Auto, um Leo mitzunehmen."

Jetzt kommen wir zu dem Punkt, an dem wir vorhin unterbrochen wurden und vor dem es mir graut. „Das wird nicht gehen."

„Natürlich. Die Schale ist genau für seine Größe. Sie müssen bloß die Gurte ..." Gabriel unterbricht sich selbst und stellt den Autositz auf das Bett. „Was meinen Sie mit: *Das wird nicht gehen*?" Unter seinem eindringlichen Blick wird es mir eng in der Kehle.

„Es tut mir leid, aber ich kann Leo nicht mitnehmen."

Er lacht auf, doch in seiner Stimme liegt kein Funken Humor. „Sie sind doch von der Fürsorge, oder?"

„Das bin ich." Den Rücken gestrafft, gebe ich mir Mühe, diesem bestimmenden Mann die Stirn zu bieten.

„Dann kümmern Sie sich gefälligst um ihn!" Seine Stimme hallt wie ein Donnerschlag durch das Zimmer.

Wa ... Wäääh!

„Gut gemacht, jetzt haben Sie das Baby geweckt", knurrt er und bedenkt mich mit einem Blick, bei dem es mir eiskalt den Rücken hinabläuft. Gabriel beugt sich über den Jungen und nimmt ihn auf seine Arme. Wieder fällt mir auf, wie geschickt er mit dem Säugling umgeht.

„Schon gut. Scht, Scht." Er wippt ihn, und als der Kleine sich direkt beruhigt, steht mein Entschluss endgültig fest. „Ich kann Leo nicht mitnehmen", erkläre ich. „Ich habe keinen Platz, an dem ich ihn unterbringen könnte."

„Pah!" Gabriel schüttelt ungläubig den Kopf. „Sie wollen mich doch veralbern, Lady?!"

„Ich wünschte, es wäre so." Tough halte ich seinem Blick stand. „Hillary hat für ein gewaltiges Chaos gesorgt. Leo ist nicht der Einzige, der Hilfe braucht. Da draußen", mein Finger zeigt zur Fensterfront, hinter der die tief verschneite Stadt liegt, „sind unzählige Kinder, die uns brauchen. Kinder, die kein Dach über dem Kopf haben, die zu Waisen wurden und alles verloren haben."

Der Geschäftsmann presst die Lippen zusammen. Ihm schmeckt nicht, worauf das hier hinausläuft.

„Hier können Sie ihn jedenfalls nicht lassen."

„Das werde ich müssen", sage ich mit schneidender Stimme. „Notunterkünfte, staatliche Einrichtungen und Krankenhäuser sind voll bis unter die Decke. Ich habe – keinen – Platz – für ihn", wiederhole ich langsam und überdeutlich.

„Ist mir egal." Gabriel drückt mir den Winzling in die Hände, woraufhin der zu schreien beginnt.

„Ich kann mich um kein Baby kümmern, ich habe eine Firma zu leiten."

„Verstehe, dann ist Ihre Hotelkette also wichtiger als ein Menschenleben?" Die Lippen zornig verzogen versuche ich es mit der Schlechtes-Gewissen-Masche.

„Das habe ich nicht gesagt."

„Indem Sie darauf bestehen, dass ich den Kleinen an mich nehme, unterschreiben Sie indirekt sein Todesurteil." Zugegeben, das ist übertrieben, aber ich weiß mir nicht anders zu helfen, denn ich habe wirklich keinen Platz, an dem ich den Knirps unterbringen könnte. Und mit zu mir nehme ich keine Kinder, das habe ich mir vor langer Zeit geschworen. „Sie wissen, dass ich ihn nirgendwo unterbringen kann. Was verlangen Sie also? Soll ich ihn auf der Straße aussetzen? Ist es das, was Sie wollen?"

„Natürlich nicht."

„Ich habe aber keine andere Wahl!" Meine aufgebrachte Stimme lässt den Kleinen noch lauter schreien. Mit zornigen Mienen stehen Gabriel und ich uns gegenüber und schauen einander an. Entweder sieht er mir an, dass ich nicht einlenken werde, oder er hält die Schreie des Kleinen nicht länger aus. „Meinetwegen!" Wütend wirft er die Hände in die Höhe und ich mache innerlich vor Erleichterung drei Kreuze. „Leo kann hierbleiben. Aber ich will, dass Sie die Augen offen halten. Finden Sie eine Unterkunft für ihn. So schnell wie möglich."

„Das werde ich", verspreche ich und spüre, wie meine Mundwinkel vor unterdrückter Freude zucken. Vorsichtig gebe ich Leo an Gabriel zurück, der ihn auf und ab wippt und beruhigt. Mein Telefon klingelt. Gott sei Dank. Wer auch immer es ist, rettet mir den Allerwertesten, denn ich will hier raus, ehe der Mann es sich anders überlegt.

„Wenn Sie mich entschuldigen? Ich muss los." Schon kehre ich ihm den Rücken und will zur Tür, als er mich zurückhält. „Augenblick noch." Ich kneife ein Auge zu, bevor ich mich mit neutraler Miene zu ihm umdrehe. „Ja?"

„Ich will Ihre Handynummer."

Meine Nummer? Hitze steigt mir ins Gesicht.

„Wenn ich mich schon um Leo kümmern soll, will ich, dass Sie bei Fragen jederzeit erreichbar sind."

„Das ist verständlich." *Solange es sonst nichts ist.* Ich schnappe meine Handtasche. „Wenn Sie wollen, lasse ich Ihnen meine Visitenkarte da."

Er ignoriert meine Aussage. „Mrs Adams!" Die Tür geht auf und die Grauhaarige erscheint. „Sagen Sie den Möbelpackern Bescheid, wir behalten das Gitterbett und die anderen Sachen doch. Sie sollen sie herauftragen."

„Sir?" Die Frau hebt überrascht die Brauen.

„Leo wird noch ein wenig bei uns bleiben", erklärt er.

„Sehr wohl, Sir."

„Und nehmen Sie die Daten von Miss Shipley auf." Sein Blick fällt auf mich und verkeilt sich mit meinem. Einen Moment lang habe ich das Gefühl, ein Knistern zwischen uns wahrzunehmen. Was hundertprozentig Einbildung ist. Hallo, ein Mann wie Gabriel und eine Frau wie ich? Nie im Leben!

„Miss Shipley wird fortan rund um die Uhr für uns erreichbar sein." Mit diesen Worten kehrt er mir den Rücken, was so viel bedeutet wie, dass er mich entlässt. Ich kann mein Glück kaum fassen. Es ist mir gelungen, einen der erfolgreichsten Männer Amerikas zu überreden, sich um ein Baby zu kümmern! Ausnahmesituation hin oder her, das ist unglaublich.

„Wenn Sie mich bitte begleiten würden", kommt es von Mrs Adams, der ich mit weichen Knien aus dem Zimmer folge.

5

Gabriel

Die Frauen verlassen den Raum, und ich wende mich Leo zu, um ihn eine Weile lang schweigend zu betrachten. In den vergangenen Tagen ist mir der Kleine so ans Herz gewachsen, dass ich es unmöglich über mich gebracht hätte, ihn der Blondine von der Fürsorge mitzugeben. Allein beim Gedanken daran, er könnte in einer Notunterkunft landen, in der er übersehen oder vergessen wird, sträubt sich alles in mir. Ich habe dem Knirps die Windeln gewechselt, habe ihn gefüttert, ihn getröstet. Ja, sogar in meinem Bett habe ich ihn schlafen lassen, weil er sich nicht anders beruhigen ließ.

Auch wenn ich es mir ungern eingestehe, aber ich spüre, dass die Zeit mit ihm etwas in mir verändert hat. Ich bin dünnhäutiger und emotionaler geworden. Eigenschaften, die mich als Geschäftsmann nicht weiterbringen. Im Gegenteil, sie stehen mir im Weg. Darum muss ich zusehen, dass ich das Kind so bald wie möglich loswerde. Wobei das schwieriger wird als gedacht.

„Tja, Kumpel“, sage ich zu ihm. „Wies aussieht, wirst du noch ein Weilchen hierbleiben.“ Was eine Herausforderung darstellt, denn seit der Kleine bei mir ist, bin ich zu nichts mehr gekommen. Mein größter Respekt an all die Moms da draußen, die ein Baby haben und trotzdem arbeiten gehen. Keine Ahnung, wie sie das hinbekommen.

Leo, den ich eingekuschelt in seine Decke zurück aufs Bett lege, zieht die Beinchen an. Auf seinem Gesicht erscheint ein angestrengter Ausdruck. Nicht schon wieder! Ich weiß, was das bedeutet.

„Mrs Adams?!“, rufe ich im selben Moment, in dem der Kleine sich pupsend in seine Windel erleichtert. Die Lautstärke meiner Stimme erschreckt ihn und bringt ihn zum Weinen. „Mrs Adams!“

Die Tür schwingt auf und meine persönliche Assistentin erscheint unterm Rahmen. „Ja, Sir?“ Das Dekolleté der Frau ist übersät mit roten Stressmalen und ihr Atem geht schnell.

„Tut mir leid, wenn ich Sie stresse.“

„Schon gut. Ich habe nur gerade Miss Shipley verabschiedet. Was kann ich für Sie tun?“

„Würden Sie bitte Leos Windel wechseln?“

Ihrer krausgezogenen Nase entnehme ich, dass sie wie ich das Häufchen, das der Knirps gemacht hat, bereits riechen kann. Es ist mir immer wieder aufs Neue ein Rätsel, wie ein so winziges Menschlein etwas derart übel Riechendes zustande bringt.

„Natürlich." Mrs Adams schließt die Tür hinter sich und holt aus der Kommode unter dem Fenster alles Nötige. Mit Windeln und Babynahrung sind wir seit zwei Tagen ausgestattet. Gott sei Dank konnte ich jemanden auftreiben, der sich für ein Trinkgeld von ein paar Tausend Dollar durch die Schneemassen zum Hotel gekämpft und uns mit dem Nötigen eingedeckt hat.

Während sich meine Assistentin um den Säugling kümmert, flüchte ich mich ins Bad. Der Geruch von vollen Windeln lässt mich noch immer würgen. Daran werde ich mich nie gewöhnen.

Die Arme vor der Brust verschränkt stehe ich unter dem Türrahmen und beobachte, wie die grauhaarige Frau mit der Halskrause Leo frisch macht.

„Gibt es etwas Neues von Lambard?" Hank Lambard ist ein Privatschnüffler, den ich auf die Frau im Auto angesetzt habe – Leos Mutter, wie ich vermute. Ich muss wissen, ob sie möglicherweise doch überlebt hat und, falls nicht, ob Leo Verwandte hat.

„Mr Lambard hat vor etwa zehn Minuten angerufen. Er hat herausgefunden, wer die Frau am Steuer war."

„Wirklich?" *Respekt! Der Mann ist sein Geld wert. Hätte nicht gedacht, dass er bei dem Drunter und Drüber, das in der Stadt herrscht, überhaupt etwas herausfindet.*

„Ja, und Sie hatten recht. Die Frau am Steuer war tatsächlich die Mutter des Kleinen. Ihr Name war Sarah ... oder Lara. Ich weiß es nicht mehr." Sie legt Leo, der quengelt, seinen Plüschbären auf die Brust. Natürlich hilft das kein Stück.

„Sie müssen den Bären an sein Gesicht schmiegen“, erkläre ich. Leo liebt dieses Plüschtier. Neben seinem Schnuller ist es das Einzige, was ihn beruhigt. Adams macht, was ich sage, und der Kleine beruhigt sich.

„Mr Lambard sagte, er hätte Ihnen wie üblich seine Informationen per Mail zukommen lassen“, erklärt sie. *Hat er? Sehr gut!*

Sofort ziehe ich das Handy aus der Innenseite meines Jacketts und öffne meine Mails. Tatsächlich, da ist der Bericht des Detektivs. Mit flinken Fingern wische ich über das Display und öffne den Anhang.

Boston 12. Januar 2023, Auftragsnummer 771, Ermitlungszusammenfassung Lara und William Mosle, lese ich die ersten Zeilen. *William? Soll das Leos richtiger Name sein?* Mein Blick fällt hinüber zum Bett, wo Mrs Adams gerade die volle Windel zur Seite legt und nach einer frischen greift. Dann richte ich meine Aufmerksamkeit zurück auf den Bericht, den ich in meiner Neugier fürs Erste nur grob überfliege.

Lara Mosle, geboren am 28.02.1988, verheiratet, aus Utah. Am 9.1.2023 bei einem Autounfall ums Leben gekommen. Vermutliche Todesursache – Genickbruch. Todesurkunde ausständig. Stirnrunzelnd schüttle ich den Kopf. *Utah liegt am anderen Ende der USA. Was um alles in der Welt hat die Frau mit einem Säugling quer durch die Staaten getrieben?*

„Gleich ist es geschafft“, höre ich meine Assistentin zu Leo sagen. Ihre Stimme klingt weich und mütterlich. Sie mag den Knirps.

Mein Finger wischt über das Display und ich lese weiter. *Ehemann Kelvin Mosle, geboren am 04.07.1985, Corporal in der U.S. Army, aktuell im Auslandseinsatz. Gemeinsames Kind William Peter Mosle, geboren am 10.11.2022.*

„William Peter", sage ich und entscheide, dass ich bei Leo bleiben werde. Das passt besser zu dem kleinen Schreihals.

„Was sagen Sie, Sir?"

„Nichts. Ich lese gerade Lambards Bericht. Leos richtiger Name ist William Peter Mosle." Ich schaue auf und sehe, dass meine Assistentin fertig und im Begriff ist, Leo hochzuheben. „Nicht!" Ich bin lauter als gewollt und mit wenigen großen Schritten bei ihr. Heute Morgen erst hat sie versucht, den Jungen hochzuheben, und hätte ihn fast fallen lassen. Eilig nehme ich ihn auf die Arme. „Denken Sie an Ihre Halswirbel", ermahne ich die Frau und muss zu meiner Schande gestehen, dass es mir weniger um ihre Gesundheit als vielmehr um die Sicherheit des Babys geht. Ich sage ja, Leo hat etwas mit mir gemacht. Er hat mich verändert.

„Sie haben recht." Feine Fältchen sprießen um die Mundwinkel und Augen der Frau, als sie lächelt. „Wenn Sie mich nicht mehr brauchen, sehe ich zu, dass ich die Möbelleute noch erwische."

„Sie haben Ihnen noch nicht Bescheid gesagt?"

„Das wollte ich eben, als Sie nach mir gerufen haben."

Das darf doch nicht wahr sein. Ich schnalze mit der Zunge. „Worauf warten Sie noch? Los, holen Sie die Männer zurück."

„Natürlich, Sir.“ Adams rauscht davon, und ich bleibe mit Leo, der aus seinen himmelblauen Augen zu mir aufsieht, allein zurück.

„Dir ist klar, dass du meine Welt auf den Kopf stellst, oder?“

Als hätte er mich verstanden, verzieht er einen Mundwinkel zu einem schiefen Lächeln, was ein warmes Gefühl in mir weckt. Mit dem Baby auf dem Arm gehe ich ans Fenster und werfe einen Blick auf Boston. Noch immer liegt die Stadt unter einer dicken Schneedecke begraben. Ein friedlicher Anblick möchte man meinen, dabei hat diese unschuldig weiße Decke so vielen Menschen das Leben gekostet. Bei dem Gedanken kommt mir Miss Shipley in den Sinn. Dass ich darauf bestehe, sie rund um die Uhr zu erreichen, ist mein Ernst. Wenn ich schon Babysitter für die Fürsorge spiele, ist es das Wenigste, wenn ich einen Ansprechpartner habe. Zumindest bis es mir gelingt, ein Kindermädchen anzuheuern. Es ist verrückt, in den letzten Tagen habe ich mehr *Tut mir Leid, das geht nicht* und *Nein* gehört als in meinem ganzen bisherigen Leben. Ich bin es gewohnt, zu bekommen, was ich will und wann ich will. Alles und jeder hat seinen Preis. Das ist etwas, was ich in den Jahren an der Spitze des Nixon Imperiums gelernt habe. Eine Überzeugung, die ich, wie es scheint, revidieren muss. Seit Hillary werde ich auf eine Geduldsprobe gestellt und ständig vertröstet. Auf die Babyzimmermöbel warte ich seit sechsunddreißig Stunden, und das, obwohl ich den fünffachen Preis bezahlt habe, damit ich so rasch wie möglich beliefert werde. An ein professionelles Kindermädchen ist nicht zu denken. Ich habe persönlich mit allen Agenturen der Stadt telefoniert, die durch die Bank dasselbe Problem haben. Achtundneunzig Prozent des Personals erscheint nicht zur Arbeit – was angesichts der Ausnahmesituation, in der wir uns nach wie vor befinden, zu erwarten war. Die wenigen, die kommen, hat die Regierung für Notfälle eingeteilt. Heute Morgen, bevor ich mich um die Sache mit der Fürsorge gekümmert habe, habe ich mit Miss Fletcher telefoniert. Sie ist die Inhaberin von *Nanny4you*, Bostons größter Kindermädchen-Agentur. Nachdem ich ihrer Firma eine sechsstellige Spende habe zukommen lassen, hat sie mich an die Spitze der Warteliste gesetzt und versprochen, sich persönlich um eine Unterstützung für mich zu bemühen.

Bleibt zu hoffen, dass die Frau bald jemanden findet. Mrs Adams hat angeboten, ihre achtzehnjährige Tochter um Hilfe zu bitten, doch dem jungen Ding vertraue ich Leo nicht an. Adams selbst hätte ich ihn gegeben, aber die darf mit ihrem angebrochenen Wirbel nichts heben. Dementsprechend bleibt mir nichts anderes übrig, als auf den Rückruf von Miss Fletcher zu warten.

Das ist zermürbend! Eine Bewegung an der Tür lenkt meine Aufmerksamkeit auf den Möbelpacker, der mit einem Schaukelstuhl das Zimmer betritt. „Wo soll der hin?“, erkundigt er sich und ich deute auf die Ecke neben dem Bett. Nach und nach trudeln seine Kollegen ein, die alle möglichen Babysachen bringen. Bis sie fertig sind, ist das Zimmer rappelvoll. Zuletzt wird der Kinderwagen hereingeschoben. Ein Luxusmodell der Marke Fendi.

Während Mrs Adams die Männer nach unten begleitet, lege ich Leo in den Kinderwagen. Der Kleine ist in meinen Armen eingeschlafen. Zusammen mit seinem Teddybären kuschle ich ihn in seine Wolldecke. „Was hältst du davon, wenn wir zwei wieder einen Deal machen?", sage ich zu ihm. „Du schläfst brav und lässt mich ein paar Stunden arbeiten. Im Gegenzug verspreche ich dir, dass du, solltest du dein neues Gitterbettchen nicht mögen, heute wieder bei mir im Bett schlafen darfst." *Was er vermutlich so oder so tun wird,* denke ich bei mir. Der Kleine ist nähebedürftig. Adams, die zurückkommt, schreckt Leo auf, als sie die Tür zu laut ins Schloss drückt. Sofort beginnt er zu quengeln.

Verdammt! So viel dazu, dass ich ein paar Stunden in Ruhe arbeiten kann.

Zornig bedenke ich meine Assistentin mit einem finsteren Blick, den sie ignoriert. Stattdessen kommt sie zu mir, schnappt sich den Kinderwagen und schiebt ihn mit einem „Scht, Scht" ein paarmal vor und zurück. Es hilft. Leo lässt sich beruhigen. Sehr gut.

„Kann ich Ihnen den Kleinen ein Weilchen überlassen?", flüstere ich. „Ich habe einige Telefonate zu führen."

„Sicher."

Gott sei Dank, eine Pause. „Wenn er wach wird und Hunger hat, auf der Kommode steht sein Fläschchen und die Babynahrung."

Sie folgt meinem Fingerzeig. „Ist gut."

„Sollte was sein, ich bin nebenan."

Adams nickt und ich verlasse erleichtert den Raum.

Stunden später, es muss bereits spät am Nachmittag sein, denn draußen dämmert es, klopft es an der Tür.

„Ja, bitte?“, rufe ich und versende die E-Mail, in der ich unserem Geschäftspartner in Tokio die Lage in Boston schildere und versichere, mich in den kommenden Tagen zu melden.

„Mr Nixon?“

Ich schaue über den Rand des Laptops, der vor mir auf dem Bett steht, zur Tür und entdecke Mrs Adams mit dem Kinderwagen. *Leo!* Abgelenkt, wie ich von meiner Arbeit war, hatte ich den Kleinen vergessen. Sofort klappe ich den Computer zu, stehe auf und gehe zu ihm.

„Ist alles okay? Geht es dem Kleinen gut?“

„Ihm geht’s bestens. Er hat vier Stunden geschlafen, zwei Fläschchen getrunken und ein Riesenhäufchen gemacht.“

„Schon wieder?“ Der Knirps ist eine echte Pupsmaschine.

Sie zuckt die Schultern. „Wer viel isst, muss viel ... na, Sie wissen schon.“

Ich lächle und werfe einen Blick in den Kinderwagen. Leo schläft. „Ich müsste jetzt los“, informiert mich Mrs Adams.

„Richtig, Ihr Kontrolltermin beim Arzt“, erinnere ich mich und deute auf die Halskrause.

„Genau. Kann ich noch was für Sie tun, bevor ich gehe?“

„Nein, danke, ich habe alles. Aber morgen früh, bevor Sie kommen, könnten Sie in mein Penthouse in der Beacon Hill fahren und einige Sachen für mich einpacken.“

Die Grauhaarige begreift sofort und runzelt die Stirn. „Sie wollen hierbleiben?“

„Solange ich Leo noch bei mir habe, ja. Das ist am einfachsten.“ *Wegen den ein, zwei Tagen habe ich nicht vor, die Sachen, die ich für ihn gekauft habe, rüber in meine Wohnung zu karren.*

„Gut, ich werde Ihnen alles Nötige bringen. Sonst noch was? Soll ich es vielleicht noch mal bei den Kindermädchen-Agenturen versuchen?“

„Nicht nötig, darum habe ich mich bereits gekümmert.“

„Verstehe.“

„Das wäre alles für heute“, entlasse ich meine älteste und treueste Mitarbeiterin. Adams nickt und verlässt den Raum. Als die Tür hinter ihr ins Schloss gleitet, werfe ich erneut einen Blick auf Leo. Dabei steigt mir ein unangenehmer Geruch in die Nase. Kommt der Gestank von ihm? Unmöglich! Es riecht nicht, als hätte er sich in die Hose gemacht. Neugierig beuge ich mich über den Kleinen. Baaah! Er riecht säuerlich. Fast wie vergorene Milch. Oben, direkt unter dem Hals springt mir ein Spuckfleck an Leos Strampler ins Auge. Rührt daher der Gestank? Die Nase gerümpft richte ich mich auf.

„Schätze, du brauchst ein Bad, Kumpel.“ Aber ich habe keinen Plan, wie man ein Baby wäscht. Da kommt mir eine Idee. Das Handy aus der Innenseite meines Anzugs ziehend, scrolle ich durch meine Kontakte.

Aha, da ist sie. Perfekt! Mrs Adams hat ihre Nummer bereits ins System eingepflegt.

Mein Finger drückt auf das Display und ich entferne mich ein paar Schritte vom Kinderwagen – schließlich will ich den Schreihals nicht aufwecken.

„Hallo?“, meldet sich eine weiche Frauenstimme nach dem dritten Klingeln.

„Miss Shipley?“, sage ich und schiebe die freie Hand in meine Hosentasche.

„Mr Nixon?“, kommt es ungläubig zurück.

„Sie sind überrascht?“ Das wundert mich. Ich habe doch gesagt, dass ich sie 24/7 erreichen will. Dachte sie, ich bluffe?

„Ich ... hähm.“ Sie räuspert sich. Überfordere ich sie etwa? In meiner Erinnerung erwacht ein Bild von der blonden, erschöpft aussehenden Frau mit den auffallend königsblauen Augen.

„Was kann ich für Sie tun?“, will sie wissen.

„Ich möchte, dass Sie herkommen. Leo braucht ein Bad.“

„Wie bitte?“

„Sie sollen herkommen und ...“

„Wissen Sie, was für einen Tag ich hinter mir habe?“, fährt sie mich an, was mich die Brauen heben lässt. Niemand, nicht einmal mein Vater, spricht in einem solchen Ton mit mir. „Seit drei Uhr morgens bin ich auf den Beinen, seit vier Uhr hetze ich von Notfall zu Notfall, mit einer Ausnahme.“

Mir ist klar, dass ihre Ausnahme der Besuch bei mir war.

„Und zu allem Übel habe ich auch noch mein Auto geschrottet!“ Schweigend höre ich zu, wie sie am anderen

Ende der Leitung nach Atem ringt. Ihre Wut ist bis hierhin zu spüren.

„Wo genau sind Sie jetzt?“

„Im *Maplewood Kindergarten*. Aber ich wüsste nicht, was Sie das zu interessieren hat. Ihr reichen Typen seid doch alle gleich. Ihr denkt, ihr braucht nur mit dem Finger zu schnippen und schon tanzt alle Welt nach eurer Pfeife.“

Wenns bloß so wäre, denke ich bitter.

„Bleiben Sie, wo Sie sind. Sie werden in fünf bis zehn Minuten abgeholt.“

„Was? Nein!“

„Miss Shipley“, sage ich in strengem Tonfall. „Ich glaube, Sie vergessen, dass wir einen Deal haben.“

Stille.

„Bleiben Sie, wo Sie sind. Malroy wird in wenigen Minuten bei Ihnen sein“, erkläre ich und lege, ohne mich zu verabschieden, auf. Dann informiere ich meinen Chauffeur und stecke das Handy zurück in mein Jackett.

6

Kelbi

"Der hat doch nen Knall!", maule ich und gehe vor Leah hin und her.

„Jetzt beruhig dich. Es gibt Schlimmeres, als mit einem Sahneschnittchen wie Gabriel Nixon Zeit zu verbringen."

„Es ist halb acht", übergehe ich ihre Worte. „Halb acht! Der spinnt, wenn er denkt, dass er mich um die Zeit zu sich zitieren kann, um ein Baby zu baden."

„Und du spinnst, wenn du glaubst, dass du dich einem einflussreichen Geschäftsmann wie ihm wiedersetzen kannst", meint meine Freundin.

„Ich sag's ja. Menschen wie Gabriel denken, sie brauchen nur mit den Fingern zu schnippen und alle Welt tanzt nach ihrer Pfeife."

„Ist nun mal so." Meine Freundin zuckt unbeeindruckt mit den Schultern. „Geld regiert die Welt."

„Leah!" Das ist Peggy, die mit den anderen Kindern am Ende des Matratzenlagers sitzt und ihnen vorliest.

„Brauchst du noch lange? Ich glaube, Timmy fallen gleich die Augen zu.“

„Gar nicht!“, beschwert sich der blonde Junge. Tatsächlich jedoch sieht er aus, als würde er jeden Augenblick im Sitzen einschlafen. Er ist fix und fertig, so wie alle Waisenkinder. Die letzten Tage waren auch für sie hart.

„Eine Minute. Ich komme gleich“, meint Leah, bevor sie mich aus ihren dunkelbraunen Augen fest ansieht. „Wie wärs, wenn du deine schlechte Laune abschüttelst und versuchst, dir mit Mr Bigboss einen schönen Abend zu machen?“

„Mit Nixon?!“ Meine Stimme schraubt sich ungläubig in die Höhe. Keine Frage, rein optisch ist der Kerl eine glatte Zehn von Zehn. Aber menschlich gesehen ... nein, danke. Auf herrische Typen wie ihn kann ich verzichten.

„Logo mit Nixon. Was spricht dagegen?“ Leah stemmt eine Hand in die Hüfte. „Außerdem bist du ewig nicht mehr aus gewesen.“

„Na und? Du auch nicht.“

„Deine letzte Beziehung ist Jahre her.“

„Deine auch“, halte ich dagegen.

„Aber ich bin erst Anfang und nicht wie du Mitte dreißig.“

Bäm! Das hat gesessen. Mit fünfunddreißig Jahren Single zu sein ist nervig. Bis auf Leah, die sich ihrer Arbeit im Waisenhaus verschrieben hat, bin ich die einzige Unverheiratete in unserem Freundeskreis. Brenda Lee hat sich sogar schon zwei Mal getraut. Zugegeben, einen Partner zu haben wäre schön.

„Deine biologische Uhr tickt“, sagt sie und tippt auf ihr Handgelenk.

„Wen juckts?“ Ich zucke die Achseln. „Du weißt, dass ich keine Kinder will.“

Ein Klopfen an der Tür unterbricht uns und lässt mir das Herz bis zum Hals schlagen.

Hat Gabriel ernsthaft jemanden geschickt, um mich abzuholen?

„Miss Shipley?“ Ein dunkelhaariger Mann im Anzug, mit einer Narbe am Kinn und Chauffeurmütze betritt den Turnsaal. Er ist um die dreißig und attraktiv, wenn auch auf eine herbe Weise.

„Wer will das wissen?“ Die Arme abwehrend vor der Brust verschränkt messe ich den Mann mit herausforderndem Blick.

„Mein Name ist Malroy. Mr Nixon hat mich gebeten, Sie abzuholen. Wenn Sie mir bitte folgen würden?“

Ich fasse es nicht. Er hat tatsächlich einen Fahrer geschickt!

„Oh, là, là“, raunt mir meine Freundin über die Schulter zu. „Das Schnittchen würde ich auch nicht von der Bettkante stoßen.“

„Und was, wenn ich nicht mitkomme?“, sage ich unbeeindruckt zu dem Mann.

„Lass das“, schimpft Leah und kneift mich in den Arm. „Oder willst du, dass der Arme Ärger mit seinem Boss bekommt?“

„Aber ich habe keine Lust, nach Nixons Pfeife zu tanzen“, zische ich.

Meine Freundin schnalzt mit der Zunge. „Du bist nur so übellaunig, weil du deinen Passat geschrottet hast."

Stimmt, was Gabriels Schuld ist. Nur wegen ihm war ich spät dran und bin zu schnell in die Kurve gefahren. Jetzt stehe ich da, ohne Auto.

„Du vergisst, dass du in der Schuld dieses Mannes stehst", erinnert sie mich. „Er hat dir den Hintern gerettet und das Baby bei sich behalten."

„Schon, aber ..."

Leah nimmt mich bei den Schultern und dreht mich zu sich um. „Kein aber. Er hat was gut bei dir." Sie bemüht sich, ernst zu bleiben, doch das verräterische Zucken um ihre Mundwinkel entgeht mir nicht. Es freut sie diebisch, dass ich mich mit ihm treffe. So hat sie ihren Willen indirekt durchgesetzt.

Leider hat sie recht. Dafür, dass er den Kleinen bei sich behalten hat, bin ich Gabriel etwas schuldig. Darum gebe ich nach und drehe mich mit einem Seufzen zu Malroy um. „Na schön", sage ich ergebend. „Bringen Sie mich zu Ihrem Boss." Zwei Minuten später befinde ich mich auf der Rückbank des teuersten Autos, in dem ich je gesessen habe. Wenn ich mich nicht irre, ist es ein Bentley. Die Scheiben sind verdunkelt und die Sitze aus hellem Leder.

Die Hände im Schoß gefaltet, spüre ich dem Wummern in meiner Brust nach. Ich bin aufgeregt. Ein Teil von mir kann es kaum erwarten, den Geschäftsmann wiederzusehen. Denn genauso unverschämt und bestimmend, wie er ist, ist er auch attraktiv.

Hoffentlich sehe ich einigermaßen akzeptabel aus. Mit diesem Gedanken krame ich die Puderdose aus meiner Handtasche. *Ich wette, ich bin blass wie ein Gespenst und habe Waschbäraugen.* Ein Blick in den Spiegel der Dose bestätigt meine Vermutung. Mein Gesicht ist kalkweiß und die Ringe um meine Augen sind dunkel wie die von Fester Adams. Weil wir jeden Moment unser Ziel erreichen, tupfe ich flink ein wenig Puder auf besagte Stellen und lege Lippenstift auf. Die leuchtend rote Farbe verleiht mir Frische.

Vor dem *Nixon Hotel* angekommen, geht Malroy um den Wagen herum und öffnet mir die Tür. Er führt mich zum Eingang – der von zwei Hünen in Anzügen bewacht wird – und ins Innere des Gebäudes. Die menschenleere Lobby wirkt riesig und ist kalt. Ebenso wie das Treppenhaus, durch das mich der Fahrer in den sechsten Stock begleitet. Vor dem Zimmer, in dem ich Gabriel heute Morgen kennengelernt habe, steht ein blonder Mann mit Boxerhaarschnitt und platter Nase. Er ist an die zwei Meter groß und jagt mir mit seinen tiefliegenden Augen Angst ein. So stelle ich mir einen Käfigkämpfer vor.

„Brick." Malroy nickt dem Mann zu, der an die Tür klopft.

„Ja?", kommt es aus dem Inneren, woraufhin Brick uns einlässt.

Die Hände hinter dem Rücken verschränkt, steht Gabriel an der Fensterfront.

„Miss Shipley." Auf den sinnlichen Lippen ein erhabenes Lächeln dreht er sich zu mir um. „Wie schön, dass Sie es einrichten konnten."

Mit schön hat das nichts zu tun, zische ich im Stillen und bemerke, dass sich hier drinnen etwas verändert hat. Das elegante Hotelzimmer ist hoffnungslos überstellt. Vor der Fensterfront steht eine Wickelkommode mit einem Mobile, in der rechten Ecke ein Gitterbettchen, in der anderen ein Schaukelstuhl, in dem ein lebensecht großer Teddybär sitzt, und am Fuße des Bettes entdecke ich einen Kinderwagen und eine dieser riesigen, elektrischen Wippen. An der Wand, hinter welcher ich das Badezimmer vermute, stehen Kartons mit den Aufschriften Babykleidung, Hygieneartikel und Sonstiges.

„Sagen Sie, haben Sie den *Babymarket* unten an der Ecke leer gekauft?", belustige ich mich über die schiere Menge.

„Und Sie?", hält er dagegen. „Hatten Sie so wenig Zeit, um was Anständiges zu essen, dass Sie dachten, ein Happen Lippenstift tuts auch?"

Ach du Schande, wie peinlich!

Meine Hand schnellt hoch und vor meinen Mund. Gabriel, dessen Lächeln in ein Grinsen umschwenkt, das Grübchen in seine Wangen drückt, geht zum Kinderwagen. Ich nutze den Moment und reibe mir mit dem Zeigefinger über die Schneidezähne.

„Also", sagt er, bleibt neben dem Wagen stehen und sieht mich auffordernd an. „Legen Sie los."

Wie bitte? Meine Brauen schieben sich himmelwärts. „Sie wollen, dass *ich* den Kleinen bade?"

Der Ausdruck, der auf seinem Gesicht erscheint, lässt vermuten, dass er mich für eine Flitzpiepe hält.

„Deswegen habe ich Sie angerufen“, erklärt er. „Leo braucht ein Bad.“

Ich gehe zu ihm und werfe einen Blick in den Kinderwagen, nur um ihn danach mit demselben „Was für ein Holzkopf“-Blick zu messen. „Aber er schläft.“ „Und?“

„Und?“, wiederhole ich, ungläubig den Kopf schüttelnd. „Möchten Sie, dass Sie jemand aus dem Schlaf reißt und in die Wanne setzt?“

Zwischen Gabriels Brauen gräbt sich eine Falte in die Stirn. „Das heißt, wir warten, bis er aufwacht?“

Innerlich seufzend ergebe ich mich. „Genau, wir warten und nutzen die Zeit, um schon mal alles vorzubereiten.“

„Wie zum Beispiel?“

„Ein Handtuch, eine frische Windel, Wäsche. Oh, und ich würde schon mal ein Fläschchen bereitstellen. Nach dem Baden haben Babys meist Hunger.“ Obwohl ich keine eigenen Kinder habe, habe ich dank Leah – der ich oft im Waisenhaus aushelfe – Erfahrung mit Säuglingen.

Aus den Kartons in der Ecke holt Gabriel eines dieser quadratischen Kapuzenhandtücher für Babys, einen blauen Body, Strampler und Socken. Seine Wahl zeigt, dass er den Kleinen nicht zum ersten Mal anzieht.

„Was mache ich mit den Sachen?“

„Die legen Sie auf der Wickelkommode bereit.“

Er folgt meiner Anweisung, bleibt dann jedoch mit gekräuselter Stirn vor der Kommode stehen und schaut mich an. „Ihnen ist aber schon klar, dass Sie Leo baden?“

„Ist es. Und Sie werden mir dabei zusehen, damit Sie es beim nächsten Mal selbst können."

Gabriel lacht schallend. Entweder weil er sich beim besten Willen nicht vorstellen kann, dass er das Baby badet, oder – und das halte ich für wahrscheinlicher – weil es für ihn nicht infrage kommt, den Kleinen selbst zu waschen. Sein Lachen weckt Leo, der unter mir im Kinderwagen zusammenzuckt und die Augen aufschlägt. Er blinzelt verstört, zieht eine Schnute und beginnt zu weinen. *Toll gemacht. Aber egal, je schneller der Kleine gebadet ist, desto schneller komme ich nach Hause und in mein Bett.* „Dann wollen wir mal", sage ich, schlüpfe aus meinem Mantel und werfe ihn zusammen mit der Handtasche aufs Bett. Über den Kinderwagen gebeugt hebe ich das Baby heraus.

Uff, der Knirps müffelt.

„Haben Sie in Ihrem kleinen Lager da auch eine Babywanne oder einen dieser Einsätze für die Wanne?" Mit dem Kinn deute ich auf die Kartons.

Überfragt kratzt sich Gabriel an der Stirn. „Ich glaube nicht. Aber wenn Sie wollen, besorge ich …"

„Nein", unterbreche ich ihn. Das dauert mir zu lange. „Es funktioniert auch so. Dann los, kommen Sie." Mit Leo auf dem Arm gehe ich in den angrenzenden Raum, wo mir der Mund aufklappt. Das Badezimmer ist fast genauso groß wie das Schlafzimmer. Der Fliesenboden ist nachtschwarz – in seiner spiegelglatten Oberfläche kann ich mich sehen. Zu meiner Linken befindet sich ein eleganter Waschtisch mit zwei Marmorbecken. Über ihnen prangt ein gewaltiger

Spiegel mit Goldrahmen. Rechts von mir entdecke ich eine verglaste Regenfalldusche, in der eine halbe Fußballmannschaft Platz hätte. Das Herzstück des Badezimmers ist jedoch die vergoldete Klauenfußbadewanne. Sie steht erhöht auf einem Podest in der Mitte des Raums und zieht meinen Blick wie magisch an. Überwältigt von all der Eleganz bleibe ich stehen. „Was ist? Was überlegen Sie?“ Gabriel tritt an meine Seite und sieht mich fragend an. Er soll nicht sehen, dass sein luxuriöses Hotel mir imponiert.

„Ich … ähm, habe gerade bemerkt, dass uns ein Thermometer fehlt.“

„Ein Thermometer?“

„Ja, um die Temperatur des Wassers zu testen. Außerdem brauchen wir noch zwei große Handtücher. Ach, und Babyshampoo wäre auch kein Fehler“, sage ich, als ich etwas, das wie eingetrocknete Milch aussieht, an Leos Schläfe entdecke. „Mal sehen, was sich in den Kartons findet.“ Während Gabriel zurück ins Zimmer geht, lasse ich die Wanne ein und setze mich mit dem Kleinen an deren Rand. Ich nutze den Augenblick, um mir Leo genauer anzusehen. Er ist ein hübsches Baby, hat eine winzige Nase, lange dunkle Wimpern und strahlend blaue Augen. Die Wärme, die sich bei seinem Anblick in meiner Brust ausbreitet, versuche ich auszublenden.

Keine Gefühle, mahne ich mich im Stillen und bin froh, als Gabriel zurückkommt.

„Babyshampoo und Handtücher habe ich, aber kein Thermometer.“

„Kein Problem, es geht auch so. Geben Sie mir bitte eines davon.“ Mein Finger zeigt auf die Handtücher. Er reicht mir eines, das ich doppelt gefaltet vor mir auf den Boden lege und Leo darauf ausziehe.

„Er ist so klein und zerbrechlich“, meint er angesichts des nackten Säuglings.

„Das täuscht. So zerbrechlich sind Babys gar nicht“, sage ich und hebe den Winzling hoch.

„Und jetzt?“

„Jetzt teste ich, ob die Wärme des Wassers okay ist.“ Mit diesen Worten beuge ich mich über die Wanne und tauche einen Unterarm ins Wasser.

„Und?“

„Perfekt.“ Um Leo nicht zu stressen, lasse ich ihn erst nur mit den Füßchen ins Wasser. Er blinzelt und seine Hände, die zu winzigen Fäusten geballt sind, öffnen sich. „Es gefällt ihm.“ Sehr gut. Langsam lasse ich ihn tiefer in die Wanne, bis er schließlich sicher auf meinen Unterarm gebettet im Wasser treibt. Um besser zu sehen, setzt sich Gabriel mir gegenüber auf den Wannenrand.

„Sie machen das gut“, sagt er, als sich Leo sichtlich entspannt und ausstreckt.

„Vielen Dank.“ Vorsichtig schöpfe ich dem Kleinen Wasser über den Kopf und wasche die Hautfalten an seinem Hals. Welche, wie ich vermute, der Grund für den üblen Geruch sind. Laut Leah muss der Hals von Babys mindestens einmal am Tag mit einem feuchten Lappen gereinigt werden, weil in den Falten alles Mögliche hängen bleibt. „Haben Sie Kinder?“

„Ich?!“ Meine Stimme schraubt sich in die Höhe. Großer Gott, nein! Ich und Kinder? Keine gute Idee! „Nein.“

„Schade, Sie wären eine tolle Mom.“ Die Worte *tolle Mom* triggern mich und rufen mir etwas in Erinnerung.

***

Ich bin etwa fünf Jahre alt und sitze in der Badewanne. Mom hat gesagt, ich soll mich waschen, weil ich stinke. Also habe ich mir eine Wanne eingelassen. Mit Schaum, so wie es die Frau in der Werbung im Fernsehen macht. Es ist viel zu heiß, aber Mom sagt, ich soll mich nicht so anstellen. Also klettere ich in die Wanne. Das Wasser dampft und brennt auf meiner Haut, aber wenigstens ist der Schaum toll. Er reicht bis über meinen Kopf. Zuerst finde ich ihn gut, aber dann merke ich, dass ich kaum Luft bekomme. Da ist so viel Dampf und all der Schaum um mich herum. Ich bekomme Angst und rufe nach Mom. Aber die meinte, ich solle ihr nicht auf die Nerven gehen und sie in Ruhe ihren Roman lesen lassen. Plötzlich wird mir übel und ich fange an zu weinen. In dem Moment, als Dad ins Bad kommt, um nach mir zu sehen, übergebe ich mich. Das findet er gar nicht komisch. Er ruft nach Mom, verlangt, dass sie sich um die Sauerei kümmert, bevor er dazukotzt. Ich fühle mich hundeelend, will nur noch aus der Wanne. Doch als ich aufstehe, schimpft Dad und sagt, dass ich mich wieder hinsetzen soll. Er will nicht, dass ich das Erbrochene in der Wohnung verteile, und verlangt, dass ich warte, bis Mom Zeit hat, um mich abzubrausen.

Nachdem ich beim letzten Mal Duschen das Bad unter Wasser gesetzt habe, darf ich es nicht mehr allein.

Also bleibe ich sitzen, während Dad zurück ins Wohnzimmer geht, um sich das Spiel seiner Lieblings-Footballmannschaft anzusehen. Ich übergebe mich ein zweites Mal. Irgendwann weicht der Schaum zurück und ich sehe mein Erbrochenes im Wasser schwimmen. Es ekelt mich. Wieder rufe ich nach meiner Mutter, die mich vertröstet und verspricht, gleich zu kommen. Das macht sie so lange, bis das Wasser kalt ist und ich zu zittern beginne. Als sie endlich zu mir ins Bad kommt, sind meine Hände und Füße so aufgeweicht und schrumpelig, dass es wehtut. Ungeduldig braust sie mich ab und nimmt mich aus der Wanne. Am nächsten Tag liege ich mit Fieber im Bett.

***

Leo, der Gefallen an seinem Bad findet und mit den Beinchen strampelt, spritzt mich mit Wasser voll und holt mich aus meiner Erinnerung.

„Was ist mit Ihnen?“, frage ich und bin mir Gabriels Blick auf mir deutlich bewusst. Er mustert mich. „Haben Sie Kinder?“ Die Frage ist überflüssig. Aus den Medien weiß ich, dass weder er noch einer seiner fünf Brüder Kinder hat. Aber ich will von mir ablenken.

„Nein, ich habe keine Kinder, was meinem Vater ein Dorn im Auge ist.“ Überrascht über seine Offenheit schaue ich zu ihm auf, sehe, dass seine grünen Augen ins Leere gerichtet sind. Er wirkt in Gedanken, was mir die

Möglichkeit gibt, ihn einen Moment lang zu betrachten. Gabriel hat die Brauen leicht zusammengezogen, was feine Falten um seine Augen herum aufwirft. Doch die tun seinem guten Aussehen keinen Abbruch. Im Gegenteil. Sie verleihen ihm etwas Weises. Die schmale Nase, der gepflegte Bart, die sinnlich geschwungenen Lippen; dieser Mann ist einfach zu heiß. Dazu kommt diese natürliche Dominanz, die er ausstrahlt. Als ich bemerke, dass ich ihn anschmachte, senke ich den Blick zurück auf das Baby, das wohlige Laute von sich gibt und mit seinen Beinchen durchs Wasser rudert. Aus dem Augenwinkel heraus sehe ich, wie Gabriel blinzelt und sich sein Blick klärt.

„Wollen Sie denn irgendwann mal Kinder?“, erkundige ich mich und merke, dass mich seine Antwort brennend interessiert.

„Gute Frage.“ Mit schief gelegtem Kopf sieht er zu, wie ich etwas Babyshampoo auf Leos Kopf gebe und ihn einmassiere. „Mit der richtigen Frau. Warum nicht?“

„Die fehlt Ihnen noch?“

Er zuckt die Achseln. „Als COO eines Imperiums wie dem *Nixon Holdings* bleibt wenig Zeit für Privatleben und Familie.“

„Das tut mir leid“, sage ich und spüre, dass seine ehrliche Art etwas in mir berührt. Ich mag offene Menschen. Den Kopf hebend, schaue ich ihn an und ernte ein Lächeln, das ein Kribbeln in meinem Bauch weckt.

„Das muss es nicht“, sagt er und sieht mir dabei in die Augen. Mein Herz wird heiß, als ich spüre, wie die Luft zwischen uns zu knistern beginnt.

Ich hätte nichts dagegen, die Richtige an deiner Seite zu sein, sage ich in Gedanken zu ihm, bevor ich den Blick zurück auf Leo senke.

„Ein Imperium wie das unsere zu leiten, birgt eine große Verantwortung und damit verbunden haufenweise Arbeitsstunden. Aber ich liebe meinen Job und will alles geben, um das Vermächtnis meines Großvaters weiter auszubauen."

„Das ist schön." Mit der hohlen Hand schaufle ich klares Wasser über Leos Köpfchen und wasche den Schaum aus seinem Haar. „Sie sind ein Familienmensch", stelle ich fest und schaue Gabriel erneut an.

„Das bin ich", bestätigt er und bedenkt mich mit einem Lächeln, bei dem mein Herz wie ein Kolibri zu flattern beginnt. Einen Moment lang verkeilen sich unsere Blicke und wir sehen einander tief in die Augen. Diesmal knistert die Luft zwischen uns fast hörbar. Ich sehe ihm an, dass er es auch bemerkt. Leo, der gluckst und mich mit Wasser vollstrampelt, zerstört den Moment. Schmunzelnd schaue ich den Kleinen an, der an seiner Faust saugt.

„Da hat jemand Hunger", bemerke ich. „Na dann, holen wir dich mal aus der Wanne. Mr Nixon, wären Sie so gut und würden ein Fläschchen vorbereiten?"

„Gabriel", sagt er, und als ich zu ihm aufsehe, ziert ein schiefes Lächeln sein Gesicht.

„Gabriel", wiederhole ich und kann nicht anders, als sein Lächeln zu erwidern. „Bist du so nett und kümmerst dich um ein Fläschchen? Ich habe das Gefühl, dass der

Kleine nicht mehr lange so ruhig und zufrieden bleiben wird.“

„Natürlich.“ Er steht auf und streicht seinen Anzug glatt. Während er das Bad verlässt, nehme ich Leo aus der Wanne und wickle ihn in das zweite große Handtuch. Dass er aus dem warmen Wasser muss, gefällt dem Knirps gar nicht. Lautstark schreit er seinen Unmut heraus und hört auch nicht auf, als ich ihn rüber ins Zimmer trage und anziehe. Seine Stimme ist kräftig und unglaublich laut. Wahrscheinlich würde sie mir weniger ausmachen, wenn ich nicht bereits seit drei Uhr morgens auf Achse wäre. So jedoch ist mein Nervenkostüm dünn. Deshalb bin ich froh, als Gabriel mit dem Fläschchen zurückkommt.

Wir füttern Leo, der seine Milch in großen Schlucken hinunterstürzt und im Anschluss wie ein Großer aufstößt. Dann legen wir ihn ins Gitterbettchen, wo Gabriel einen Teddybären an sein Gesicht schmiegt. Erschöpft wie er ist, fallen dem Kleinen die Augen direkt zu.

„Hat er den Teddy von dir?“, will ich wissen.

„Nein, der war in einer Tasche, die ich bei ihm im Auto gefunden habe. Schätze, der Bär beruhigt ihn, weil er nach seiner Mom riecht“, erklärt er und streichelt Leo übers Köpfchen und das fluffige Haar. Bevor ich etwas darauf erwidern kann, meldet sich mein Handy, das in der Handtasche auf dem Bett steckt. In der Sorge, das Bimmeln könnte Leo aufwecken, eile ich zum Bett und angle das Telefon aus der Tasche. Rasch stelle ich es auf stumm und sehe, dass mich Franklin, mein Vorgesetzter, anruft.

Normalerweise meldet er sich nie um diese Uhrzeit … aber was ist dieser Tage schon normal?

Ich entdecke zwei WhatsApp-Nachrichten, die er mir geschickt hat, als ich Leo gebadet habe.

Franklin, heute um 20:31 Uhr:

Tolle Neuigkeiten! Ich habe mit dem Statiker telefoniert, er will sich morgen Nachmittag das Waisenhaus ansehen. Wenn er grünes Licht gibt, dürfen Leah und die Kids zurück!

Ruf mich an, wenn du diese Nachricht liest.

Franklin, heute um 20:48 Uhr:

Sag bitte, dass du noch nicht im Bett bist! Eben hat mich der Statiker noch mal angerufen, bei ihm haben sich einige Termine verschoben. Jetzt kommt er morgen früh schon um halb acht, aber da habe ich ein Meeting. Du musst den Termin für mich übernehmen. Ruf mich an!

Weil ich keine Zeit für einen Rückruf habe, meinen Vorgesetzten jedoch nicht warten lassen will, tippe ich rasch eine Antwort.

Kelbi, heute um 20:59 Uhr:

Bin noch am Arbeiten.

Das sind tolle Neuigkeiten! Morgen um halb acht geht klar! Ich kümmere mich darum.

„Alles okay?“ Die Hände in die Taschen seiner Anzughose geschoben mustert mich Gabriel neugierig. Wieder ist da dieses Knistern zwischen uns.

„Ja. Das war Franklin, mein Vorgesetzter. Ich habe morgen früh einen wichtigen Termin.“ Mit diesen Worten stecke ich das Telefon zurück und schlüpfe in meinen Mantel. „Es ist spät, besser, ich mache mich auf den Weg.“

Er nickt – auch wenn er unglücklich darüber wirkt, dass ich ihn verlasse – und begleitet mich zur Tür.

„Also dann“, sage ich mit einem Lächeln und öffne sie. „Jetzt weißt du, wie man ein Baby badet.“ Gerade will ich aus dem Raum, als Gabriels Hand sich über mir an die Tür legt und sie vor meiner Nase zudrückt. Er steht so dicht hinter mir, dass ich seine Körperwärme spüren und sein teures Parfum riechen kann. Mein Blut gerät in Wallung. Mit klopfendem Herzen drehe ich mich um und schaue zu ihm auf. Der Ausdruck auf seiner Miene sendet einen aufregenden Schauer über meine Wirbelsäule. Seine turmalingrünen Augen sind dunkel wie nasses Moos. Der Ausdruck in ihnen verschlägt mir den Atem. „Bleib“, bittet er mit einer Stimme, die verführerisch und dunkel ist wie die Nacht.

7

Gabriel

Die Lippen leicht geöffnet sieht sie mich an – in den Augen eine unausgesprochene Sehnsucht. Mit den Händen umfange ich ihr Gesicht. Ich mache einen Schritt auf sie zu, schließe die Lücke zwischen uns und dränge sie mit meinem Körper gegen die Tür. Kelbi sieht zwischen meinen Augen hin und her. Sie zittert. Ob vor Furcht oder Erregung kann ich nicht sagen, und es ist mir auch egal. Ich will sie. Nach dieser apokalyptischen Zeit ist etwas in mir, das sich nach Nähe sehnt.

Mein Daumen streicht über ihre Unterlippe, nimmt die weiche Haut wahr.

„Gabriel“, keucht Kelbi und ihr Atem, der warm über meine Hand streicht, lässt mich meinen Mund auf ihren senken. Mein Kuss ist sanft – untypisch für mich. Zärtlich teilt meine Zunge ihre Lippen und taucht in ihren Mund. Ihr süßlicher Geschmack steigt mir in den Kopf und vernebelt meine Sinne. Meine Hände stehlen sich unter ihren Mantel und schieben ihn von ihren Schultern, lassen ihn auf den Boden fallen. Dann beginne ich, die Bluse aufzuknöpfen. Kelbis Atemzüge werden rauer. Unsicher hebt sie die Hände und legt sie um meinen Nacken, während ich sie, ohne unseren Kuss zu unterbrechen, mit mir zum Bett ziehe. Als wir uns auf die Matratze niederlassen, öffne ich den letzten Knopf und schlage den Stoff ihrer Bluse zurück. Sie trägt einen weißen Push-up-BH. Dass mich das schlichte Teil heftiger erregt als Reizwäsche, schreibe ich der Situation zu.

„Wunderschön“, raune ich und schiebe mich zwischen ihre gespreizten Schenkel. Als ich ihre Brüste aus den Schalen des BHs hebe und mich zwei fantastische, rosafarbene Nippel anlachen, weiß ich, dass es kein Zurück gibt. Ich bin kein Mann, der sich unüberlegt auf eine Frau einlässt, doch heute Nacht ticken die Uhren anders. Und so mache ich etwas, was ich noch nie getan habe: Ich schalte den Kopf aus und gebe mich dem Verlangen hin. Meine Instinkte übernehmen und ich verfolge – als würde ich über mir schweben –, wie ich Kelbi ausziehe, mich über ihre Brüste zum Bauch und weiter südlich küsse. Ihre Weiblichkeit zergeht auf meiner Zunge. Sie ist berauschend, sorgt für einen Nebel der Lust in meinem Kopf. Wie durch einen Schleier hindurch bekomme ich mit, wie wir uns streichelnd erkunden, ich einen Gummi überziehe und wir schließlich miteinander schlafen. Ihr Körper fühlt sich großartig an. Ihre Haut ist seidig, ihre Brüste schmiegen sich weich und prall in meine Hände und das Gefühl, mich in sie zu schieben, ist überwältigend. Mit ihr ist alles so anders und gleichzeitig unbeschreiblich gut. Selbst mein

Orgasmus fühlt sich anders an. Er ist länger und intensiver als sonst.

Als ich schließlich neben ihr auf die Matratze sinke, ziehe ich Kelbi mit dem Rücken an mich und decke uns zu. Zärtlich tupfe ich Küsse auf ihr Haar und streiche ihre goldenen Locken aus der Stirn. Es dauert, bis sich der Nebel lichtet und ich wieder klar im Kopf bin. Als das der Fall ist, bemerke ich, dass Kelbi eingeschlafen ist.

Schon verrückt, was so ein Schneesturm mit einem anstellt, denke ich bei mir. Auf einen Arm gestützt, betrachte ich die schlafende Frau neben mir. Ihre langen Locken, die wie ein See aus Engelshaar auf dem Kissen ruhen, die blasse Haut, die dunklen Brauen und Wimpern, die gerade Nase und dann der Mund, auf dem ein Hauch Lippenstift überlebt hat. Kelbi ist eine attraktive Frau, wenn auch nicht im herkömmlichen Sinn. Weder entspricht ihr Körper den typischen Modelmaßen, die ich gewohnt bin, noch ist ihr Gesicht makellos. Da ist eine Narbe in der Mitte ihrer Stirn. Außerdem ist ihr Mascara vom Sex verschmiert. Die Escortdamen, mit denen ich mich normalerweise vergnüge, sind immer wie aus dem Ei gepellt. Und doch kann ihr gerade keine von ihnen das Wasser reichen. Sie ist wunderschön und perfekt, so wie sie ist. Natürlich bin ich nicht dumm. Dass Kelbi diese Gefühle in mir weckt, hat genauso mit der aktuellen Situation zu tun wie der hammermäßige Sex. Hillary hat mir meine Vergänglichkeit aufgezeigt. Kein Mensch und kein Imperium lebt ewig. Niemand weiß, wie viel Zeit ihm auf dieser Welt bleibt. Auch ich nicht. Mir ist klar geworden, dass ich zu viele Jahre der Firma geopfert habe und ich dabei auf der Strecke geblieben bin. Seit ich für *Nixon Holdings* arbeite, bin ich praktisch rund um die Uhr verplant. So etwas wie Spontanität gibt es bei mir nicht. Aber das habe ich vor zu ändern. Auf meinen Instinkt zu hören und mit Kelbi zu schlafen war der erste Schritt dazu. Und hey, dieser Schritt war fantastisch.

In dieser Nacht liege ich lange wach und denke über mein Leben nach. Irgendwann gebe ich dem wohligen Gefühl, das Kelbis Nähe und Wärme in mir weckt, nach und nicke ein.

Gegen sechs Uhr wird Leo wach. Ich höre ihn sofort, kenne das Rascheln, dem ein leises Jammern folgt – bin es inzwischen gewohnt. Weil ich Kelbi nicht wecken will, schleiche ich aus dem Bett und schnappe mir den Kleinen.

Eine Dreiviertelstunde später lege ich ihn gefüttert und mit frischer Windel zurück in sein Bettchen. Dann setze ich mich neben die Blondine auf die Matratze und schaue ihr beim Schlafen zu. Still und friedlich liegt sie da. Ihre Ruhe ist entspannend. Leider muss ich sie wecken. Sie meinte gestern, dass sie heute früh einen Termin hat. Ich will nicht, dass sie ihn meinetwegen versäumt.

„Kelbi?“ Sanft berühre ich sie an der Schulter. Sie kneift die Augen zu und brummt etwas Unverständliches.

„Kelbi“, sage ich noch mal, woraufhin sie die Augen aufschlägt und verschlafen zu mir hochsieht.

„Gabriel?“ Ihre Stimme klingt weich und versonnen. Das gefällt mir. Ich lächle. „Augenblick … Gabriel?!“ Das klingt weniger versonnen als vielmehr entsetzt. Wie von der Tarantel gestochen schießt sie hoch. Hektisch schaut sie sich um und begreift, wo sie ist. Ihre Finger krallen sich um das Laken und heben es über ihre nackten Brüste.

„Kein Grund, schüchtern zu sein."

„Wow, ich dachte, ich hätte geträumt." Sie errötet. „Ich muss wohl ziemlich fertig gewesen sein."

„Du meintest gestern, du hättest heute Morgen einen wichtigen Termin", erinnere ich sie, woraufhin sich ihre Augen erschrocken weiten.

„Wie spät ist es?"

„Kurz vor sieben."

„Verdammt!" Sie schlägt das Laken zurück und ist mit einem Satz auf den Beinen.

„Wenn ich über die Second Street fahre, könnte ich es schaffen", höre ich sie mit sich selbst sprechen, als sie ihre Sachen vom Boden aufsammelt. „Moment! Mein Auto ist ja in der Werkstatt."

„Das ist kein Problem", versichere ich und verfolge, wie sie auf einem Bein hüpfend in ihren Schlüpfer steigt. „Malroy fährt dich."

„Was?" Ihre königsblauen Augen richten sich auf mich. „Nein. Das geht schon. Ich rufe mir einen Uber."

„Kommt nicht infrage. Malroy wird dich fahren", entscheide ich, stehe auf und gehe zur Kommode, wo mein Handy liegt. Während ich meinem Fahrer Bescheid sage, beobachte ich, wie Kelbi sich anzieht. Dabei nistet sich ein Gefühl in meiner Brust ein, das ich selten habe. Es ist Widerwille. Ich will nicht, dass sie geht. Das überrascht mich. Ich war sicher, dass ich nach einer gemeinsamen Nacht genug von ihr hätte. Genauso wie bei den Escortdamen. Keine von ihnen schafft es ein zweites Mal in mein Bett. Habe ich mich erst einmal mit ihnen vergnügt, haben sie jeglichen Reiz verloren.

„Warte. Wann sehe ich dich wieder?“, will ich wissen, als sie zur Tür eilt. Kelbi dreht sich mit verwunderter Miene zu mir um. Offensichtlich tut sie sich leichter damit, das hier als das anzuerkennen, was es ist oder besser gesagt war, nämlich ein One-Night-Stand. Nicht mehr und nicht weniger.

„Ich ...“ Sie zuckt die Achseln. „Mal sehen.“ Dann rauscht sie aus dem Zimmer und ich bleibe mit meinem Widerwillen allein zurück. Genervt fahre ich mir mit den Händen durchs Haar. Wenn ich etwas hasse, dann ist es, warten zu müssen. Normalerweise bekomme ich, was ich will, und das, wann immer ich will.

Um auf andere Gedanken zu kommen, gehe ich unter die Dusche. Die Augen geschlossen, die Hände an die Wand gestützt lasse ich den Abend in meinem Kopf Revue passieren, erinnere mich an Kelbis weiche Haut, an die Wärme, die ihr Körper ausgestrahlt hat, und die Gefühle, die ihre Berührungen in mir geweckt haben. Ich versuche mich abzulenken, an andere Dinge wie die Firma und die Arbeit zu denken, die vor mir liegt, doch ich bekomme die Blondine nicht aus dem Kopf. Mit einem pulsierenden Ständer stelle ich schließlich das Wasser ab und sehe ein, dass die Dusche kontraproduktiv war. Ein Handtuch um die Hüften geschlungen, gehe ich zurück ins Zimmer. Ich will nach Leo sehen und entdecke einen hochgewachsenen, grauhaarigen Mann vor dessen Bettchen.

„Dad?", frage ich ungläubig.

„Du hast das Baby immer noch?" Auf dem Gesicht einen fassungslosen Ausdruck dreht sich Sean Nixon zu mir um. Wie immer ist er tipptopp gestylt und trägt einen schwarzen Maßanzug mit schwarzer Krawatte. Abgesehen davon, dass seine Haare grau und seine Augen braun sind, sieht er mir zum Verwechseln ähnlich. Er ist groß, hat breite Schultern, dieselben maskulinen Gesichtszüge und vollen Brauen.

„Was tust du hier?", übergehe ich seine Frage. „Dasselbe könnte ich dich fragen."

„Warum hast du diesen ..." „Leo", sage ich, was ihn unwirsch die Brauen zusammenziehen lässt. „Bitte. Warum hast du Leo noch?"

„Weil die Fürsorge keinen Platz für ihn hat und Lambard bislang keinen Kontakt zu seinem Vater herstellen konnte."

„Du hast den Schnüffler auf ihn angesetzt?"

„Was hätte ich sonst tun sollen? Leos Mutter ist beim Unfall gestorben und laut Lambard hat der Kleine außer seinem Vater und einer an Demenz erkrankten Großtante, die im Pflegeheim sitzt, keine Verwandten."

„Seine Mutter ist wirklich tot?" Dads Gesichtszüge werden weicher. Die Stirn mitfühlend in Falten gelegt, sieht er auf den Säugling hinab. „Armer Junge."

Ein Glucksen im Gitterbettchen verrät, dass der Knirps wach ist. Eines seiner Ärmchen rudert durch die Luft. Auf den Lippen ein mildes Lächeln, beugt sich Dad über das Bettchen und senkt eine Hand auf den Jungen. Durch die

Gitterstäbe sehe ich, wie er liebevoll über sein Köpfchen streichelt. Dann wird seine Miene ernst. „Trotzdem musst du das Kind so rasch wie möglich loswerden“, sagt er, richtet sich auf und wendet sich mir zu. „Du hast keine Zeit für ein Baby, Gabriel.“

Schon klar, weil die Firma vorgeht. So wie sie es immer getan hat.

Ein bitterer Geschmack breitet sich auf meiner Zunge aus. Gerade will ich ihm sagen, dass ich entschieden habe, einiges zu ändern, und nicht länger ausschließlich für die Firma leben werde, da überrascht er mich.

„Mit einem Säugling wirst du noch weniger Zeit haben, um unter die Leute zu kommen“, sagt er und hebt überrascht die Brauen. „Was ist? Was siehst du mich so fassungslos an? Was ich auf der Silvestergala gesagt habe, war mein Ernst. Ich will, dass du und deine Brüder euch endlich eine anständige Frau sucht und euch bindet. Das *Nixon Holdings* führt sich nicht von selbst. Wir brauchen Nachfolger, die für den Bestand des Imperiums sorgen.“ Ein schmerzlicher Ausdruck überzieht sein Gesicht. „Außerdem will ich meine Enkelkinder noch erleben.“ Seufzend lässt er die Schultern sinken. Plötzlich sieht er um Jahre älter aus. „Ich habe in meinem Leben viele Fehler gemacht, Gabriel. Aber keiner wiegt so schwer wie die Tatsache, dass ich mich in meiner Arbeit verloren habe. Damals war es mir nicht bewusst, doch heute erkenne ich, dass ich eure Kindheit verpasst habe. Das will ich bei meinen Enkeln ändern.“

Es stimmt, bis zu Moms Tod – sie starb bei der Geburt meines jüngsten Bruders – hatte mein Vater kaum Zeit für uns. Er hat viel verpasst, was er nun nachholen will.

Den Rücken straffend sieht er mich fest aus seinen braunen Augen an. „Das Ultimatum steht. Wenn du deinen Teil des Erbes erhalten und das Nixon Imperium übernehmen willst, dann schenkst du mir bis zur kommenden Silvestergala einen Erben und hoffst, dass deine Brüder ihren Teil des Ultimatums erfüllen."

Denn ein Erbe gibt es nur, wenn alle sechs von uns bis Jahresende für Nachwuchs sorgen. Entweder einer oder keiner, erinnere ich mich an unser Gespräch auf der letzten Gala.

Wie üblich hatten wir Silvester hier, im *Golden Lady,* gefeiert. Er hatte mich in der Lobby angesprochen und auf ein Wort in sein ehemaliges Büro gebeten, wo er mir sein Ultimatum stellte. Damals nahm ich seine Worte nicht für voll. Ich dachte, er wäre betrunken. In letzter Zeit macht ihn sein geliebter Bourbon Whiskey emotional. Doch wie es scheint, habe ich mich getäuscht. „Tut mir leid, aber ich lasse mich in keine Form pressen", sage ich, was meinen alten Herrn zornig die Lippen zusammendrücken lässt. „Du bist 39 Jahre alt. Denkst du nicht, dass es langsam Zeit wird, eine Familie zu gründen?"

„Wann ich eine Familie gründe, entscheide ich noch immer selbst. Wenn du das Nixon Imperium jemand anderem vermachen willst, weil ich nicht nach deiner Pfeife tanze, dann nur zu. Ich bin auf den CEO-Posten weder scharf noch angewiesen."

Das nimmt ihm den Wind aus den Segeln. Einen Moment wirkt er überrumpelt. „Wie du meinst“, sagt er und geht auf die Tür zu. „Bevor du deinen Dickkopf durchsetzt, Sohn, solltest du vielleicht an deine Brüder denken.“ Eine Hand in seine Hosentasche schiebend, holt er zwei Erdnüsse hervor. Die Nüsse in der Hand zeigt er auf mich. „Ich rate dir, deine Entscheidung noch mal zu überdenken.“ Auch wenn seine Worte kühl klingen, entgeht mir der verletzliche Ausdruck um seine Augen nicht. Sean Nixon ist ein Familienmensch. Er liebt uns Jungs von ganzem Herzen und wünscht sich offensichtlich nichts sehnlicher als Enkelkinder. Dennoch will ich mir nicht vorschreiben lassen, wann ich eine Familie gründe.

„Du weißt, wie viel Andrew an meinem Oldtimer liegt. Willst du wirklich, dass er deinetwegen auf den Wagen verzichten muss? Oder Aiden, Owen, Nash und Harper auf ihren Anteil des Erbes?“ Er macht eine Pause, lässt die Worte wirken, ehe er fortfährt. „Tu mir den Gefallen, Junge, und überdenk deine Entscheidung noch mal. Wenn nicht mir zuliebe, dann für deine Brüder.“ Auf diese Worte hin nickt er ernsthaft und verlässt das Zimmer.

8

Kelbi

"Danke und einen schönen Tag noch", verabschiede ich mich vom Uberfahrer, der mich vor dem *Nixon Hotel* abgesetzt hat, und werfe die Tür hinter mir zu. Während der Wagen den Blinker setzt und zurück auf die Straße fährt, drehe ich mich zum Gebäude um.

Was machst du hier, Kelbi, frage ich mich im Stillen und fühle, wie mein Herz vor Aufregung glüht. *Der Mann ist nichts für dich. Wenn du denkst, dass das gestern mehr als ein One-Night-Stand war, dann irrst du dich. Zugegeben, der Sex mit Gabriel war etwas Besonderes und, ja, für eine einmalige Nummer war er auffallend zärtlich. Trotzdem heißt das noch lange nicht, dass er was von dir will.*

Schon klar, ich sollte in die Sache nichts hineininterpretieren, aber als er mich heute Morgen gefragt hat, wann wir uns wiedersehen, kam es mir vor, als hätte er mich am liebsten bei sich behalten. Da war dieser Ausdruck in seinen Augen, der mir nicht mehr aus dem Kopf will. All die Presseberichte, die ihn als kalten, unnahbaren Geschäftsmann darstellen, liegen falsch. Zugegeben, auch ich habe mich in ihm getäuscht. Er mag nach außen hin herrisch und unnahbar wirken, aber er hat ein sanftes Gemüt. Das zeigt allein schon sein liebevoller Umgang mit Leo. Gabriel Nixon ist also nicht nur auffallend gut aussehend und einflussreich, sondern auch sanftmütig. Und ganz abgesehen davon der aufregendste Mann, dem ich in meinen fünfunddreißig Jahren begegnet bin. Seine Blicke gehen mir unter die Haut, und wenn er spricht ... Lieber Gott, seine Stimme ist wie flüssiges Aphrodisiakum, das sich wie Sprühnebel über mir ausbreitet. Schätze, meine Schwärmerei hängt mit dem Sex zusammen. Wen wunderts? Der Kerl ist fantastisch im Bett. Unter seinen Händen bin ich geschmolzen wie Butter in der Sonne. Gabriel weiß genau, wo er eine Frau anfassen muss. Seine Küsse sind berauschend und seine Zunge ... Himmel, allein der Gedanke an sie sorgt dafür, dass sich die Muskeln in meinem Unterleib lustvoll zusammenziehen.

One-Night-Stand hin oder her, ich muss ihn wiedersehen, entscheide ich und gehe über den roten Teppich, der stellenweise unter dem schmelzenden Schnee hervorsticht, zum Hotel.

„Miss Shipley“, begrüßt mich einer der beiden Gorillas, die den Eingang flankieren. Blonde Haare, Boxerhaarschnitt und platte Nase? Ich erkenne den Mann wieder, es ist der Security, der gestern Abend vor Gabriels Zimmer gestanden hat.

„Brick", erinnere ich mich an seinen Namen, woraufhin mir der Hüne ein Lächeln schenkt und die Tür für mich öffnet. „Mr Nixon erwartet Sie bereits. Sechster Stock, Zimmer 608."

Wie bitte? Woher weiß er, dass ich hier bin? Ich habe mich nicht angemeldet.

Da fällt mir das Teil in Bricks Ohr auf, ein Mini-Headset, über das er, wie ich vermute, mit seinen Kollegen im Inneren des Gebäudes kommuniziert. Bestimmt hat er längst Bescheid gegeben, dass ich hier bin.

„Vielen Dank", sage ich und gehe an den Männern vorbei und in die Lobby. Wie gestern imponiert mir die Eleganz des Empfangstresens. Ein Ambiente wie dieses bin ich nicht gewohnt. Meine Eltern hausten damals in einer Drei-Zimmer-Baracke, später im Waisenhaus war es zwar sauber, aber alles andere als gediegen, und die Wohnung, die ich mir von meinem Einkommen leisten kann, ist zwar süß, aber keineswegs spektakulär.

Da der Lift nach wie vor außer Betrieb ist, nehme ich die Treppe. Im sechsten Stock angekommen, erwartet mich ein dunkelhäutiger Mann im Anzug mit demselben Mini-Headset wie Brick.

„Miss Shipley", begrüßt er mich mit neutraler Miene. „Wenn Sie mir bitte folgen würden?" Er bringt mich zu einem Zimmer, das dem gegenüberliegt, in dem ich gestern übernachtet habe, und klopft an dessen Tür.

„Ja, bitte?" Gabriels Stimme löst ein Flattern in meinem Bauch aus. Der Security öffnet und erklärt: „Sir, Miss Shipley ist hier." Dann tritt er zur Seite und lässt mich ein.

Ich weiß nicht, was ich erwartet habe zu sehen, aber der Anblick, der sich mir bietet, überrascht mich. Statt einem Sideboard steht vor der Fensterfront ein gewaltiger Schreibtisch. Die Vorhänge und das Bett wurden entfernt und in der Ecke befindet sich ein Ledersofa mit Beistelltisch.

„Du kommst genau richtig." Gabriel erhebt sich aus seinem Chefsessel hinter dem Schreibtisch. Das Lächeln, das sein Gesicht überzieht, präsentiert eine Reihe perfekter Zähne und lässt meine Knie weich werden.

Ich komme genau richtig? Wofür?

„Bitte", sagt er und bedeutet mir, zu ihm zu kommen. Jetzt erst bemerke ich die zwei Frauen, die ihm in hochlehnigen Sesseln gegenübersitzen. „Darf ich vorstellen", wendet er sich an die beiden. „Kelbi Shipley von der Fürsorge. Miss Shipley wird mich bei meiner Auswahl unterstützen."

Seiner Auswahl?

Mein Blick fällt auf eine Mappe, die vor ihm auf dem Tisch liegt. *Nanny4you* steht auf dem Deckblatt und ich begreife. *Er heuert ein Kindermädchen an.*

„Freut mich, Sie kennenzulernen", kommt es von der Dame rechts vor uns. Die Frau ist um die siebzig, hat schlohweißes, zum Dutt geschlungenes Haar und ein faltiges Gesicht. Ihre Hände, die sie auf den Tisch gelegt hat, sind knotig und ebenso vom Alter gezeichnet wie der Rest der Frau. Ihr ist anzusehen, dass sie im Leben viel gearbeitet hat, und ich wette, dass sie auch heute noch anpacken kann.

„Kelbi, darf ich vorstellen, Edwina Smith." Gabriel deutet auf die alte Dame. „Und Michaela Bach."

Mein Blick rollt nach links, auf die andere Frau. Sie ist um die zehn Jahre jünger als ich und hier drin in etwa so fehl am Platz wie ein Pelzmantel in der Sauna. Michaela hat langes, platinblondes Haar, Lippen, die an Schlauchboote erinnern, und falsche Wimpern, die so schwer sind, dass sie ihre Augen aussehen lassen, als stünden sie auf Halbmast. Um die Schminke von ihrem Gesicht abzubekommen, braucht sie bestimmt einen Spachtel, und ihre Kleiderwahl ist, vorsichtig ausgedrückt, unangebracht. Neben einer engen Bluse, deren obere offen stehende Knöpfe Silikonbrüste präsentieren, trägt sie einen Schulmädchenrock und ... Sind das Overknees? Ich verkneife mir ein Kopfschütteln. So etwas geht gar nicht!

„Das ist ein Vorstellungsgespräch für die Kindermädchenstelle, richtig?", frage ich, weil ihr Aussehen mich irritiert. In den Klamotten könnte sie sich genauso gut für einen Pornodreh bewerben.

„So ist es. Wenn du einen Blick auf die Unterlagen werfen möchtest?" Gabriel reicht mir Michaelas Bewerbungsmappe, die ich aufschlage und überfliege. In den letzten sechs Monaten hatte sie fünf unterschiedliche Anstellungen. Während ich einen Blick auf ihre Ausbildung – einen einwöchigen Schnellkurs an einer Abendschule – werfe, horcht sie Gabriel aus.

„In Ihrer Bewerbung steht, dass Sie zuletzt für die Familie Salomon in Kansas gearbeitet haben. Warum wurde das

Arbeitsverhältnis aufgelöst und was hat Sie nach Boston verschlagen?“

„Mrs Salomon ist mit den Kindern nach Frankreich gezogen.“

„Wie, von heute auf morgen?“ Ich stutze. „Warum sind Sie nicht mitgegangen?“

Von den Unterlagen aufschauend, beobachte ich, wie Michaela sich in ihrem Stuhl vorbeugt, sodass Gabriel einen perfekten Blick auf ihren Ausschnitt hat. Man braucht kein Genie zu sein, um zu begreifen, warum die Frau hier ist.

„Es war eine spontane Entscheidung“, berichtet sie, und ein Gefühl sagt mir, dass die Blondine Schuld am spontanen Umzug der Frau hatte. So wie sie sich gibt, würde es mich nicht wundern, wenn sie sich an Mr Salomon herangemacht hat.

„Ich hätte natürlich mit nach Frankreich kommen können, aber das wollte ich nicht. Mein Zuhause ist Amerika“, erklärt Michaela, doch ich glaube ihr kein Wort. Und was ist das da in ihrem Mundwinkel? Eine Fieberblase, die sie versucht hat, mit Lippenstift zu kaschieren? Igitt!

„Verstehe. In Ihren Unterlagen, Mrs Smith, habe ich gelesen, dass Sie achtundzwanzig Jahre lang für eine New Yorker Familie gearbeitet haben.“

Die alte Dame schenkt Gabriel ein faltiges Lächeln. „So ist es. Familie Bradshaw hat mich eingestellt, als der kleine Lucas drei Tage alt war und, na ja, ich blieb, bis er verheiratet war.“

„Das ist unnötig lange“, kommentiert Gabriel, in dem der Geschäftsmann durchkommt.

„Manchmal“, setze ich mich für Edwina ein, „fällt es den Leuten schwer, sich von ihren Kindermädchen zu trennen. Besonders wenn sie sehr gut und eine Bereicherung für die Familie sind.“

Das lässt ihn einen Augenblick nachdenken, ändert jedoch nichts an seiner Haltung, die verrät, dass er eher zu Michaela tendiert.

„Wann könnten Sie anfangen?“, wendet er sich an sie, und ich glaube, mein Schwein pfeift.

„Wann immer Sie wollen“, flötet die Blondine und flirtet ihn unter ihren falschen Wimpern – die wie Schmetterlinge auf ihren Augen sitzen – hervor an. „Sehr gut. Dann fangen Sie sofort an. Malroy wird ...“

Wie bitte?! „Nein!“

Die Brauen erhoben sieht Gabriel zu mir auf. Er kann nicht glauben, dass ich ihm ins Wort falle. Ich wette, das traut sich sonst keiner.

„Entschuldigen Sie uns bitte.“ Ein Lächeln für die Damen auf den Lippen, erhebt er sich, schnappt mich am Arm und zieht mich mit sich ins angrenzende Badezimmer. Dort angekommen verfinstert sich seine Miene. „Was sollte das?“ Seine Stimme ist ein Zischen, sein eisiger Blick durchbohrt mich.

„Du machst einen Fehler“, erkläre ich und bin mir bewusst, dass in meinen Worten Eifersucht mitschwingt. Diese Michaela hat weder an Leo noch dem Job Interesse. Alles, was sie will, ist Gabriel.

„Ein Fehler wäre es, Leo einer Greisin anzuvertrauen“, sagt er.

„Wie bitte, du willst Edwina nicht, weil sie alt ist?“

„Was, wenn sie ihn nicht schreien hört, weil sie schlechte Ohren hat? Oder schlimmer noch, wenn sie ihn fallen lässt, weil er ihr zu schwer ist?“

„Du übertreibst. Die Frau hört ganz normal. Außerdem weiß sie, was sie tut. Schon vergessen, sie war bis vor wenigen Wochen bei dieser New Yorker Familie eingestellt.“

„Wo sie sich um einen Erwachsenen gekümmert hat.“

Touché.

Gabriel sieht zur Tür in Richtung Schreibtisch, wo die beiden Anwärterinnen sitzen. „Keine Chance, ihr überlasse ich Leo nicht.“

„Dann schlage ich vor, du lässt dir von der Agentur andere Nannys schicken.“

Er schüttelt den Kopf. „Die haben keine anderen.“

Das habe ich befürchtet. Bei dem Chaos, das noch immer in der Stadt herrscht, muss er vermutlich froh sein, überhaupt ein Kindermädchen zu bekommen.

„Ich nehme Michaela“, entscheidet er, was die Wut in mir wie einen Hexentopf aufbrodeln lässt.

„Du bist ein Narr“, zische ich. „Jemandem wie Michaela einen Säugling anzuvertrauen ist gemeingefährlich. Glaub mir, ich weiß, wovon ich spreche, ich arbeite lange genug auf dem Gebiet. Frauen wie sie machen nur Ärger.“

„Das kannst du nicht wissen.“

Er ist so ein Sturkopf! „Nimm Edwina. Ich versichere dir, sie weiß, was sie tut.“

„Nein." Seine Stimme ist genauso hart wie der Ausdruck auf seinem Gesicht. „Ich bleibe bei Michaela."

Ich begreife, dass seine Entscheidung unumstößlich ist. „Bitte", sage ich daher, verschränke angriffslustig meine Arme vor der Brust und schaue ihn herausfordernd an. „Überlass Leo dieser ballonbrüstigen Kuh. Aber jammere nicht, wenn sie es vermasselt." Hitze steigt mir in die Wangen.

Habe ich sie gerade ernsthaft eine ballonbrüstige Kuh genannt?

Peinlich berührt kehre ich ihm den Rücken und gehe im Stechschritt zurück ins Zimmer.

„Tut mir leid", sage ich zu Edwina. „Ich bin sicher, Sie wären perfekt für die Stelle gewesen. Alles Gute für Ihre Zukunft." Für Michaela, die mich triumphierend angrinst, habe ich nur ein Nicken übrig. „Kelbi, warte." Gabriel ist mir gefolgt. Ich spüre seinen Blick im Rücken, drehe mich jedoch nicht um, sondern gehe zur Tür.

Die Hand am Knauf kann ich nicht an mich halten. „Viel Glück", sage ich und schaue ihn zornig an. „Du wirst es brauchen." Damit verlasse ich das Hotelzimmer und lasse die drei allein.

9

Gabriel

Wie sich zeigt, behält Kelbi recht. Michaela einzustellen war ein Fehler. Die Frau ist eine Katastrophe! Statt sich um Leo zu kümmern, nutzt sie jede Gelegenheit, um sich mit mir zu unterhalten oder mich anzufassen. Dass sie es auf mich abgesehen hat, war mir von Anfang an klar. Schließlich bin ich kein Idiot und weiß die Blicke von Frauen einzuschätzen. Angebaggert zu werden ist nichts Neues für mich. Geld und Macht wirken nun mal anziehend auf die Menschen. Normalerweise weiß ich mit aufdringlichen Frauen umzugehen. Meist reicht es, ihnen die kalte Schulter zu zeigen, um sie mir vom Hals zu halten. In seltenen Fällen muss ich deutlicher werden und den Damen unmissverständlich klarmachen, dass ich kein Interesse habe. Bisher hat meine Abfuhr noch jede verstanden. Nur Michaela nicht. Entweder hat die Frau den IQ einer Toastbrotscheibe oder sie akzeptiert mein Nein einfach nicht. Wäre die Situation anders, hätte ich sie heute früh, fünf Minuten nachdem ich sie eingestellt habe und sie mir auf die Pelle gerückt ist, bereits wieder entlassen. Ach, was sage ich, wäre die Situation anders, hätte ich die Frau erst gar nie eingestellt. Wenn dieser elende Schneesturm nicht gewesen wäre, wäre Leos Mum noch am Leben und würde sich selbst um ihr Kind kümmern. Aber so ist es nun mal nicht. Jetzt habe ich ein unfähiges Kindermädchen an der Backe und eine Sozialarbeiterin, die böse auf mich ist.

Zum gefühlt hundertsten Mal muss ich an Kelbi und den gestrigen Abend denken. An ihren weichen Körper, die Wärme, die ihre Nähe in meiner Brust ausgelöst hat, und dann dieses Verlangen. Der Sex mit ihr war gefühlsintensiver als jeder andere zuvor. Aber warum? Und seit wann törnt mich Blümchensex an? Der Sturm scheint nicht nur mein Leben, sondern meine komplette Gefühlswelt auf den Kopf gestellt zu haben. Nach dieser fantastischen Nacht hatte ich gehofft, Kelbi heute wiederzusehen. Ich möchte Zeit mit ihr verbringen und herausfinden, was da zwischen uns ist. Leider habe ich sie mit meiner Kindermädchenwahl verärgert. Was ich nicht verstehe, denn Edwina Smith war keine Option. Mir blieb nichts anderes übrig, als Michaela zu nehmen. *Was für ein Tag.*

Genervt fahre ich mir mit der flachen Hand über das Gesicht. Mein Bart fühlt sich rau und struppig an. Normalerweise pflege ich ihn und lasse ihn jeden zweiten Tag nach meinem Fitnesstraining von Starfrisör Angelo stutzen und mit Öl einmassieren. Aber seit Hillary ist wie erwähnt nichts mehr normal.

„Wenn es für Sie in Ordnung ist, würde ich den Termin auf den fünften März anberaumen", sagt die Stimme am anderen Ende der Leitung in gebrochenem Englisch.

Seit zwei Stunden befinde ich mich in einer Telefonkonferenz mit Peng Chao, unserem wichtigsten japanischen Geschäftspartner.

„Einverstanden", entgegne ich und spüre, wie meine Laune sich dem Tiefpunkt nähert. Ich bin übermüdet und gereizt, weil ich keine fünf Minuten Ruhe habe. Leo weint schon den ganzen Tag, und Michela bekommt es nicht gebacken, den Kleinen zu trösten. Auch jetzt höre ich seine Schreie aus dem gegenüberliegenden Zimmer.

Wäre ich bloß für das Meeting in den Tower gefahren. Dort hätte ich meine Ruhe gehabt, überlege ich, was Quatsch ist. Nie im Leben hätte ich Leo mit einem Kindermädchen wie Michaela allein gelassen.

Die hohe Stimme des Säuglings sägt an meinen Nerven. Das Geschrei ist nicht auszuhalten. Mein Kopf dröhnt. Mit Zeige- und Mittelfinger massiere ich mir die Schläfen, hoffe, das Pulsieren dahinter abzuschwächen. Vergebens.

Vielleicht sollte ich doch Mrs Adams' Tochter als Nanny in Erwägung ziehen. Schlechter als Michaela kann sie nicht sein, geht es mir gerade durch den Kopf, als mich ein Rumpeln aufschreckt. Kerzengerade richte ich mich in meinem Sessel auf und lausche auf Geräusche aus dem Nebenzimmer. Ein, zwei Sekunden lang ist es mucksmäuschenstill, dann dringen Leos Schreie schriller denn je zu mir ins Büro. Am Klang seiner Stimme erkenne ich, dass etwas passiert ist.

Die Härchen auf meinen Armen richten sich auf und ich springe aus meinem Stuhl.

„Fünfter März“, sage ich gehetzt zu meinem asiatischen Geschäftspartner. „Sagen Sie Ihrem Fahrer, er soll mich um acht Uhr am Flughafen abholen. Wenn Sie noch Fragen haben, wenden Sie sich an Mrs Adams.“ Mehr gibt es nicht zu sagen, weshalb ich auflege. Mit hämmerndem Herzen stürme ich aus meinem Büro und zum gegenüberliegenden Zimmer. Das Bild, das sich mir bietet, als ich die Tür aufreiße, lässt mich rotsehen. Michaela bückt sich gerade nach Leo. Der Kleine liegt neben der Wickelkommode auf dem Boden.

Ist das Blut an seiner Stirn?!

„Mr Nixon?!“ Michaelas Augen weiten sich erschrocken, als sie mich bemerkt. „Es war ein Versehen“, ruft sie, um die Schreie des Babys zu übertönen. „Ich war im Bad, hab einen Augenblick lang nicht hingesehen, da ist er von der Wickelkommode gefallen.“

Ein Beben erfüllt mich von innen heraus. Meine Schultern versteifen sich und meine Rückenmuskeln spannen sich an.

„Es tut mir so leid, ich ...“ „Raus!“, donnere ich. Mein ausgestreckter Arm zeigt in den Flur.

„Aber ich ...“

„Raus hier!“ Noch nie habe ich mit einer Angestellten in solch schroffem Ton gesprochen. Normalerweise bin ich ein besonnener, ruhiger Chef. Mir war klar, dass Michaela nicht die beste Wahl für den Job ist, aber das hier schlägt dem Fass den Boden aus.

Die Blondine lässt den Kleinen auf dem Boden liegen und kommt händeringend auf mich zu.

„Ich schwöre, das wollte ich nicht." Sie versucht es auf die Mitleidstour, die mich nur noch rasender macht. Mit schuldbewusster Miene und Tränen in den Augen bleibt sie neben mir stehen und schaut durch ihre falschen Wimpern zu mir auf. „Wenn ich es Ihnen erklären dürfte?"

„Es gibt nichts zu erklären", zische ich durch zusammengebissene Zähne. „Sie werden nie wieder ein Kind gefährden, weder in Boston noch sonst wo auf der Welt. Dafür sorge ich persönlich." Damit lasse ich sie stehen und gehe zu Leo. Während Michaela schluchzend das Zimmer verlässt, sinke ich neben ihm in die Hocke.

„Hey, Kumpel!", sage ich und spüre, wie mir Angst die Brust zuschnürt, als ich die Platzwunde an seiner Stirn entdecke. Seine linke Gesichtshälfte ist blutüberströmt. Leo schreit aus Leibeskräften. Seine kleinen Hände sind zu Fäusten geballt, sie zittern.

„Brick!", rufe ich und hebe das Baby auf meine Arme. Das viele Blut ist beängstigend. „BRICK!"

Die Tür fliegt auf und mein Security stürmt herein. „Sir?" Seine Augen tasten den Raum ab und bleiben an Leo und mir hängen. „Verdammt", keucht er, als er den blutenden Säugling auf meinen Armen sieht.

„Sag Malroy Bescheid, wir müssen ins Krankenhaus."

„Sind Sie sicher? Soll ich nicht lieber einen Krankenwagen rufen?" Der Mann wird aschfahl.

„Das dauert mir zu lange. Wir fahren mit Malroy." Die Worte sind kaum über meine Lippen, da verändert sich

Leos Weinen. Seine Stimme wird dünner und einen Augenblick später spuckt er mich voll.

„Worauf wartest du?!“, schreie ich Brick an, während Babykotze über den Ärmel meines Anzugs läuft.

„Entschuldigung, Sir.“ Die Hand am Headset an seinem Ohr, verlässt er das Zimmer, um dem Fahrer Bescheid zu geben.

Was für ein Chaos.

Um Leos Blutung zu stoppen, laufe ich zurück zur Wickelkommode, von der ich eine Mullwindel hole. Vorsichtig drücke ich den Stoff auf die Wunde.

„Scht, Kumpel. Ganz ruhig. Es wird alles wieder gut.“ Sanft wiege ich den Kleinen, versuche ihn zu beruhigen. Die Brauen mitleidig zusammengezogen schaue ich ihn an. „Es tut mir so leid. Ich hätte dich niemals dieser Frau anvertrauen dürfen“, entschuldige ich mich, und als wolle er mir recht geben, kneift er die Augen fest zusammen und weint lauter. Mein Herz ächzt vor Schmerz.

„Malroy weiß Bescheid!“ Brick ist zurück. Auf seiner Stirn und an seinem Hals leuchten rote Stressmale. Der Typ ist ein hartgesottener Hund, hat schon viel gesehen, doch Leos Anblick setzt ihm zu. Ich weiß, das liegt daran, dass Brick eine Tochter in Leos Alter hat.

„Hier. Nehmen Sie ihn und machen Sie ihn in seinem Sitz fest“, weise ich den Mann an und deute auf die Babyschale in der Ecke. „Ich muss einen Anruf tätigen.“ Damit drücke ich Brick das schreiende Baby in die Hände und ziehe mein Smartphone aus der Innenseite meines Jacketts. Während der Berg von einem Mann meiner Anweisung folgt, rufe ich meine Assistentin an. Nachdem sie heute Morgen einen Kontrolltermin im Krankenhaus hatte, habe ich ihr spontan für den Rest des Tages freigegeben. Eine Entscheidung, die ich inzwischen bereue. In Mrs Adams' Anwesenheit wäre Leo bestimmt nicht von der Wickelkommode gefallen.

„Beatrix?", sage ich, kaum dass die Frau abnimmt. „Sir?" Sie klingt überrascht. Kein Wunder. In den siebzehn Jahren, in denen sie inzwischen für mich arbeitet, habe ich sie noch nie beim Vornamen genannt. Was zeigt, wie sehr ich durch den Wind bin.

„Sie müssen etwas für mich tun!"

„Um Himmels willen, ist etwas passiert?", fragt sie besorgt. „Ist das Leo, der da im Hintergrund schreit?"

„Ja, das ist er. Hören Sie. Ich möchte, dass Sie jemanden für mich anrufen." Kelbi muss informiert werden. Aber nicht durch mich. Das Letzte, was ich jetzt brauche, ist unnötigen Stress. Also kläre ich Mrs Adams auf, schnappe mir Leos Lieblingsteddy und sehe zu, dass wir ins Krankenhaus kommen.

10

Kelbi

Gehetzt stoße ich die Flügeltür auf, die zur Kinderstation des Krankenhauses führt. An der Rezeption hat man mich informiert, dass Leo stationär aufgenommen werden musste. Was ausschließlich meine Schuld ist! Ich hätte mich durchsetzen und verhindern müssen, dass Gabriel dieses Kindermädchen einstellt. Einer Frau wie Michaela darf man keinen Säugling anvertrauen.

Mein Blick huscht durch den Flur und bleibt an einer Krankenschwester hängen, die sich um einen Jungen kümmert, dessen eingegipstes Bein in einer Schlinge hängt. Obwohl der Kleine nicht viel älter als zwei Jahre sein kann, ist er allein. Weit und breit sind keine Eltern zu sehen. Dieses Schicksal teilt er mit anderen Kindern, die mit ihren Betten im Flur liegen. Dass die Krankenhäuser noch immer überlastet sind, wundert mich nicht. Außerhalb der Klinik sieht es nicht besser aus. Tausende Menschen sind nach wie vor obdachlos und in Notunterkünften untergebracht.

„Entschuldigung!“, wende ich mich an die Krankenschwester – eine füllige Frau mit schulterlangem, grau meliertem Haar. „Ich bin auf der Suche nach einem Säugling, der mit einer Kopfverletzung eingeliefert wurde.“

„Und Sie sind?“ Die Frau misst mich mit kühlem Blick und stellt sich mir in den Weg. Ob sie mich für Leos Mutter hält? Wenn ja, geht sie ihrer Haltung nach davon aus, dass ich schuld an seiner Verletzung bin.

„Kelbi Shipley, von der Fürsorge.“ Ich reiche ihr die Hand, die sie ignoriert.

„Die Fürsorge?“, fragt sie argwöhnisch. Ich will gar nicht wissen, was sie in den letzten Tagen alles erlebt hat, dass sie so reagiert.

„Ja. Wollen Sie meinen Ausweis sehen?“ Ich öffne meine Handtasche, will gerade nach meinem Portemonnaie forsten, da ruft jemand meinen Namen. Überrascht hebe ich den Kopf und entdecke Miss Adams, Gabriels Assistentin. Sie kommt aus einer der hinteren Türen und hält mit raschen Schritten auf uns zu. „Gut, dass Sie da sind“, sagt sie schon von Weitem.

„Sie kennen sich?“ Die Krankenschwester sieht von mir zu der Grauhaarigen.

„Ja. Miss Shipley ist von der Fürsorge und verantwortlich für Leo.“

Die Schwester scheint zufrieden und gibt den Weg frei.

„Kommen Sie.“ Mrs Adams bedeutet mir, ihr zu folgen, und bringt mich zu der Tür, aus der sie gekommen ist. Dort klopft sie an und tritt ein.

„Mr Nixon?“

„Ja?“ Gabriels Stimme, die zu mir in den Flur fällt, klingt tiefer als sonst.

„Sie ist da.“

„Gut. Schicken Sie sie herein.“

Mrs Adams tritt zur Seite und lässt mich ein. Als ich den Raum betrete, fällt mein Blick sofort auf Gabriel. Der hochgewachsene Mann steht vor einem Krankenhaus-Gitterbettchen und hat mir den Rücken zugewandt.

„Das wäre dann alles“, sagt er, woraufhin uns seine Assistentin allein lässt. Ein leises Klicken erfüllt den Raum, als sie die Tür hinter sich ins Schloss zieht. Wütend, wie ich bin, will ich Gabriel zur Schnecke machen, ihm vorwerfen, dass das hier seine Schuld ist. Was nicht stimmt. Denn dass Leo hier ist, geht einzig und allein auf meine Kappe. Ich hätte ein Machtwort sprechen und verhindern müssen, dass er die Blondine einstellt. Wobei, wem mache ich was vor? Er hätte nicht auf mich gehört. Gabriel Nixon ist einer dieser Männer, die genau wissen, was sie wollen, und sich von niemandem etwas sagen lassen. Ich mag eine durchsetzungsstarke Frau sein, aber bei einem Sturkopf wie ihm gerate selbst ich an meine Grenzen.

Gerade als ich den Mund öffne und etwas sagen will, kommt er mir zuvor.

„Interessant, wie das Leben manchmal spielt“, sagt er und der raue Klang seiner Stimme geht mir unter die Haut.

„Da denkt man, man hat alles unter Kontrolle, und dann so was.“

Seine Worte überraschen mich. Ich hatte mit Wut und Schuldzuweisungen gerechnet, aber bestimmt nicht mit Einsicht. Langsam gehe ich durch den Raum, will Gabriels Gesicht sehen. Am Fußende des Gitterbettchens bleibe ich stehen und schaue ihn an. Der leidende Ausdruck auf seiner Miene schneidet mir in die Brust. Er wirkt bestürzt, um nicht zu sagen verloren – das Gegenteil von dem unnahbaren, kaltschnäuzigen Geschäftsmann, den man aus der Presse kennt. Mein Blick wandert an ihm und seinem ausgestreckten Arm hinab ins Gitterbettchen. Das Bild, das sich mir bietet, ist ergreifend. Gabriels Zeigefinger ruht in der winzigen Hand des Babys. Halt suchend klammert sich der Kleine an ihm fest. Das zu sehen lässt einen Teil meiner Wut verrauchen.

„Wie kann es sein, dass einem ein Mensch so schnell ans Herz wächst?“, fragt Gabriel, während mein Blick über den schlafenden Säugling tastet. Leo liegt, an seinen Teddybären gekuschelt, auf dem Rücken. Der Verband um sein Köpfchen erinnert an einen Turban, und das getrocknete Blut in seiner Braue lässt erahnen, wie schlimm er sich verletzt hat. Sein Anblick weckt ein flaues Gefühl in meinem Magen.

„Als ich Leo da auf dem Boden liegen sah, weinend und mit der Platzwunde an der Stirn ....“ Gabriels Stimme ist ein Flüstern. Ich hebe den Blick, schaue ihn an. Langsam schüttelt er den Kopf, scheint mehr sagen zu wollen, bringt jedoch nichts heraus. Stattdessen schluckt er leer, was seinen Adamsapfel hüpfen lässt. Mein Blick tastet über sein attraktives Gesicht. Kreidebleich und mit Augen voller Mitleid betrachtet er das schlafende Baby.

„Das werde ich mir nie verzeihen", wispert er, woraufhin sich das letzte bisschen Zorn in mir in Luft auflöst. Ihn zu rügen und weiteres Salz in die Wunde zu streuen ist überflüssig.

„Du hattest recht", sagt er und sieht mich aus glänzenden Augen an. „Ich hätte Edwina einstellen sollen." Er versucht sich an einem Lächeln, scheitert jedoch. Mitleid überschwemmt mein Herz. Schweigend gehe ich zu ihm und nehme seine freie Hand in meine. Sie ist kühl und groß. Ihn zu berühren ruft mir unsere gemeinsame Nacht in Erinnerung. Der Sex mit ihm war umwerfend, aber nichts verglichen mit dem Gefühl, in seinen Armen einzuschlafen. Ich weiß nicht, wann ich mich das letzte Mal so behütet und wohl gefühlt habe. *Ich wünschte, du würdest mich küssen,* sage ich in Gedanken zu ihm. *Wünschte, du würdest mich noch ein Mal in die Arme schließen und deine warmen, weichen Lippen spüren lassen.* Natürlich ist mir klar, dass das zwischen uns etwas Einmaliges war. Ein One-Night-Stand zweier überarbeiteter, nach Zerstreuung suchender Menschen. Nichts weiter. Leider. Denn je besser ich Gabriel kennenlerne, desto mehr erkenne ich, dass er ein besonderer Mensch ist. Ich meine, welcher Mann in seiner Position würde sich freiwillig um ein Baby kümmern? Noch dazu um ein fremdes! Die meisten hätten mich auf meine Bitte hin, Leo noch eine Weile zu behalten, ausgelacht und samt Kind vor die Tür gesetzt.

Ja, Gabriel ist ein besonderer Mensch. Das zeigt auch seine Fähigkeit, Fehler einzugestehen. Schätze, nicht viele erfolgreiche Männer, die wie er ein Imperium leiten, können das.

Mein Blick wandert zurück auf Leo. Ihn mit diesem Turbanverband daliegen zu sehen ist schrecklich.

Armer kleiner Schatz.

„Ich habe Mrs Adams beauftragt, die Agentur über die jüngsten Ereignisse in Kenntnis zu setzen." Gabriel, der den Blick auf unsere Hände gesenkt hat, streicht mit dem Daumen über meinen Handrücken. Seine Zärtlichkeit verstärkt den Wunsch in mir, ihm nah zu sein. „Das war das letzte Mal, dass Michaela ein Kind gefährdet hat." Mit diesen Worten lässt er mich los und wendet sich Leo zu. Sanft streichelt er mit dem Zeigefingerrücken über die Wange des schlafenden Jungen, und mir wird klar, dass die Verbindung der beiden tiefer reicht, als gut für sie ist. Mit jeder Stunde, die vergeht, wird es schmerzhafter für Gabriel, den Kleinen wieder herzugeben. Ich muss Leos Familie ausfindig machen, und zwar so schnell wie möglich. Das hat oberste Priorität.

„Die Ärzte sagen, dass Leo eine Gehirnerschütterung hat. Sie wollen ihn erst mal über Nacht zur Beobachtung hierbehalten. Sobald wir aus dem Krankenhaus raus sind, wird Edwina übernehmen. Das ist bereits geklärt", sagt er, womit er mich überrascht.

„Möchtest du Leo wirklich schon so früh hier rausholen?"

Statt zu antworten, stellt er mir eine Gegenfrage. „Hast du die Betten auf den Fluren gesehen?"

Der Junge mit dem Gips kommt mir in den Sinn. Ich nicke.

„Das Krankenhauspersonal ist überfordert."

Was so viel heißen soll wie: Er vertraut ihnen Leo nicht an.

Ich sags ja, Gabriel hat den Kleinen schon viel zu sehr in sein Herz geschlossen. Das ist nicht gut. „Du brauchst dir jedenfalls keine Sorgen zu machen", sage ich, weil ich spüre, dass er genau das tut. „Leo ist hier gut aufgehoben. Du wirst sehen, er ist bald wieder auf den Beinen." Mit diesen Worten schenke ich ihm ein zuversichtliches Lächeln, rücke die Handtasche über meiner Schulter zurecht und wende mich zum Gehen.

„Du willst schon wieder weg?" Die Enttäuschung in seiner Stimme ist unüberhörbar.

„Tut mir leid, ich muss. Ich habe noch einen Termin."

„Um die Zeit?" Er sieht zum Fenster. Draußen ist es bereits dunkel. „Ja, aber du kannst mich jederzeit anrufen, wenn was sein sollte."

Er nickt, doch die Falte zwischen seinen Brauen zeigt, dass es ihm nicht passt, dass ich gehe.

„Ich sage Malroy Bescheid", meint er und holt sein Handy hervor.

„Deinem Fahrer?"

„Du hast dein Auto geschrottet", erinnert er mich. „Draußen hat es Minusgrade. Ich will nicht, dass du in der Kälte auf ein Taxi wartest."

Ich weiß nicht, was ich darauf sagen soll. Er hat recht. Draußen ist es tatsächlich bitterkalt.

Er hält sich das Telefon ans Ohr, sieht mich an und schenkt mir ein Lächeln, das meine Knie in Pudding verwandelt. Er wechselt ein paar Worte mit seinem Chauffeur, die an mir vorbeigehen, weil ich drauf und dran bin, mich in Gabriels turmalingrünen Augen zu verlieren. Wieder spüre ich das Knistern zwischen uns. Es erfüllt den ganzen Raum und löst ein Flattern in meinem Bauch aus.

„Alles klar, Malroy weiß Bescheid“, meint er schließlich und nimmt das Handy vom Ohr.

„Ähm, ja … okay. Vielen Dank“, stammle ich und gehe auf wackligen Beinen zur Tür. Meine Wangen glühen. Hoffentlich habe ich ihn nicht zu offensichtlich angeschmachtet. „Ich schaue dann morgen wieder vorbei“, sage ich, ohne ihn noch mal anzusehen.

„Ist gut. Dann bis morgen.“

„Bis dann.“ Rasch husche ich aus der Tür und in den Flur. Dort bleibe ich für einen Moment stehen, schließe die Augen und sammle mich. Als ich die Lider wieder hebe, steht mein Entschluss unumstößlich fest. Ich werde nicht zulassen, dass Gabriels Herz gebrochen wird, weil er eine zu große Bindung zu dem Kleinen aufbaut. Ab sofort werde ich seinen Fall nicht länger den Kollegen überlassen, sondern selbst in die Hand nehmen.

Mit dem festen Vorsatz, Leos Familie so schnell wie möglich ausfindig zu machen, krame ich mein Handy aus der Handtasche und wähle die Nummer meines Vorgesetzten. Wenn mir hierbei jemand helfen kann, dann Franklin.

11

Gabriel

„Gabriel?“, weckt mich eine weiche Stimme. Ich schlage die Augen auf und blicke in ein von blonden Locken umrahmtes Gesicht. Kelbi. Auf den Lippen ein dünnes Lächeln steht sie über mich gebeugt da. „Guten Morgen. Habt ihr zwei die ganze Nacht in diesem Sessel geschlafen?“

Wir zwei?

Mein Blick wandert an mir hinab. Tatsächlich, ich sitze in einem Sessel und in meinen Armen schläft Leo. Er ist in sein Wolldeckchen eingehüllt und hat rötliche Ringe unter den Augen. Ich erinnere mich, dass er bis spät in die Nacht geweint und sich immer wieder übergeben hat. Eine Folge der Gehirnerschütterung hat die Ärztin erklärt und ihm einen Tropf verpasst. Leider hat das Zeug nicht viel gebracht. Eine Weile lang bin ich hilflos im Zimmer auf und ab getigert. Die Schwester meinte, ich müsse geduldig sein, die Medikamente würden bald ihre Wirkung zeigen. Als Leo immer noch weinte, als sie ihm den leeren Tropf abnahm, wurde es mir zu viel. Ich habe ihn aus seinem Bettchen gehoben und bin so lange mit ihm hin und her gelaufen, bis er sich beruhigt hat und auf meinen Armen eingeschlafen ist. Weil ich Angst hatte, er könnte aufwachen, wenn ich ihn zurück ins Gitterbett lege, habe ich mir diesen Sessel bringen lassen und mich mit ihm hineingesetzt.

„Ich muss eingeschlafen sein“, antworte ich leise und mit rauer Stimme. Vorsichtig stehe ich auf und lege Leo in sein Bett. Er zieht eine Schnute und drückt die Fäustchen auf die Augen. Einen Moment lang sieht es so aus, als würde er erwachen. Darum nehme ich den Teddy und kuschle ihn an seine Wange. Das beruhigt ihn und lässt ihn weiterschlafen.

„Wenn die Visite nichts anderes entscheidet, dürfen wir heute Vormittag nach Hause“, berichte ich und drehe mich zu Kelbi um. Gott sei Dank kommen wir hier raus. Ich hasse Krankenhäuser, insbesondere deren Geruch. Er erinnert mich an den Tod meiner Mutter und die dunkelste Zeit meines Lebens. Abgesehen davon habe ich tonnenweise Arbeit nachzuholen.

„Das freut mich zu hören.“

Spinne ich oder klingt sie bedrückt? „Was ist los?“ Die Brauen zusammengezogen messe ich sie mit argwöhnischem Blick.

„Ich habe Neuigkeiten über Leo. Vielleicht solltest du dich setzen.“

Mein Puls beschleunigt sich. „Nein, schon gut. Schieß los. Was hast du für Neuigkeiten?“ Die Arme vor der Brust verschränkt, wappne ich mich für das, was auch immer jetzt kommen mag.

Kelbi drückt die Lippen aufeinander und holt ein Blatt Papier aus ihrer Handtasche. „Franklin … also meinem Vorgesetzten und mir ist es gelungen, Leos Identität zu klären."

Verstehe. Darum die schwermütige Stimmung. Sie hat herausgefunden, dass die Frau hinterm Steuer Leos Mutter war und sie tot ist.

Sie räuspert sich, ehe sie das Papier auseinanderfaltet und einen Blick darauf wirft. „Leos richtiger Name ist William Mosle", berichtet sie. *William Peter Mosle,* verbessere ich sie in Gedanken. „Er ist zwei Monate alt und seine Familie stammt aus Utah."

Ist mir bekannt.

„Seine Mutter hieß Lara, sie war die Frau hinterm Steuer", erklärt Kelbi und sieht traurig von ihrem Papier zu mir auf. „Du hattest recht, sie ist tot."

Todesursache Genickbruch, erinnere ich mich an Lambards Mail. „Das tut mir sehr leid", sage ich. Kein Kind sollte ohne Mutter aufwachsen. Ich weiß, wovon ich spreche. Ich war neun Jahre alt, als Mom bei Andrews Geburt starb. Viel zu jung. Und doch hatte ich es gut, verglichen mit meinen jüngeren Geschwistern, denn ich durfte sie kennenlernen. Emily Nixon war eine liebevolle Frau mit dem Herzen einer Löwin. Sie hat sich immer für uns Kinder eingesetzt, war ein absoluter Familienmensch.

„Das ist leider nicht alles“, fährt Kelbi fort, und mein Gefühl sagt mir, dass ich nicht hören will, was jetzt kommt. „Williams, also Leos Vater ...“

Ist bei der U.S. Army und im Ausland stationiert, ich weiß, sage ich im Stillen. *Ich habe Lambard bereits auf den Mann angesetzt. Doch der hat noch keine Infos liefern können.*

„War Berufssoldat.“

War?

„Er ist vor zwei Tagen in einen Hinterhalt geraten. Seine Einheit hatte sich in einem verlassenen Schulgebäude verschanzt, das von Terroristen gesprengt wurde.“

„Er ist tot?“ Ich will nicht glauben, was ich da höre. Kelbi nickt bedauernd und faltet das Blatt Papier zusammen.

Leos Eltern sind beide tot. Seine einzige lebende Verwandte ist eine an Demenz erkrankte Tante, die im Pflegeheim lebt. Das bedeutet ... „Er ist eine Vollwaise“, sage ich fassungslos und wende mich dem Gitterbettchen zu. Der Gedanke, dass Leo allein ist und niemanden mehr auf der Welt hat, schnürt mir die Kehle zu.

„So ist es“, bestätigt Kelbi. „Es tut mir leid.“

Kopfschüttelnd betrachte ich den Kleinen. *Kaum zwei Monate alt und schon liegt seine Welt in Scherben. Was für ein Schicksal.*

„Wie geht es jetzt weiter?“, will ich wissen, den Blick fest auf das Baby gerichtet.

„Da wir keine Verwandten ausfindig machen konnten, wird Leo in die Obhut des Staates übergeben.“

„Das bedeutet?“ Meine Stimme ist rau wie ein Reibeisen und meine Augen brennen.

„Dass er in eine staatliche Betreuungseinrichtung kommt.“ „Ein Waisenhaus?“ Was für eine grauenvolle Vorstellung. In meiner Fantasie erwacht das Bild eines blonden Jungen mit himmelblauen Augen, der barfüßig und mit abgewetzten Kleidern auf nacktem Boden sitzt. Um meine Brust herum wird es eng. Mir ist, als würde man mir mit einem Seil die Luft abschnüren.

„Fürs Erste, ja. Wenn er Glück hat, findet er eine Pflegefamilie, die ihn bei sich aufnimmt. Oder besser noch, ihn adoptiert. Aber ich will ehrlich sein, die Chancen, dass so etwas passiert, sind gering. Erst recht nach Hillary.“ Mit jedem Wort, das Kelbi von sich gibt, zieht sich das Seil um meine Brust herum fester zusammen.

„Was, wenn da Leute sind, die nicht auf ihn achtgeben?“, überlege ich laut. „Was, wenn sie ihn fallen lassen, so wie Michaela?“ „Das wird nicht passieren. Die Mitarbeiter in diesen Einrichtungen sind gut ausgebildet und wissen, was sie tun. Meine Freundin Leah leitet das ...“

Ihre Stimme verschwimmt. Ich schaffe es nicht länger, ihr zuzuhören, weil meine Gedanken sie übertönen.

Das ist nicht richtig, geht es mir durch den Kopf. *Leo darf nicht in irgendein Heim abgeschoben werden, das hat er nicht verdient.*

Während Kelbi weiter auf mich einredet, stehe ich wie versteinert da und starre ins Gitterbett. Leos dunkle Wimpern, die winzige Nase und die glänzenden Lippen. Alles an ihm ist mir vertraut. Sein Geruch, die Art, wie er beim Gähnen die Nase krauszieht, und sein Weinen. Ich habe mich so sehr an den kleinen Kerl gewöhnt, dass ich mir nicht vorstellen kann, wie es ohne ihn sein wird. Natürlich heißt das nicht, dass ich vorhabe, ihn zu behalten. Er muss bei einer anständigen Familie aufwachsen und bei keinem Geschäftsmann, der den Großteil des Jahres unterwegs ist. Selbst wenn ich wollte, ich habe keine Zeit für ihn. Ein Geräusch dringt zu mir durch. Es ist Kelbis Handy, das klingelt. Sie holt es aus der Tasche und nimmt den Anruf an. Noch immer klingt ihre Stimme wie verschwommen und weit entfernt, weshalb ich nicht verstehe, was sie sagt. Und es interessiert mich auch nicht. Alles, was für mich gerade zählt, ist die Tatsache, dass Leo eine Waise ist. Seit ich ihn aus dem Auto seiner Mutter geholt habe, gab es keinen Moment, an dem ich mit einer Wendung wie dieser gerechnet habe. Keine Sekunde kam mir in den Sinn, dass sein Vater auch tot sein könnte. Das ist harter Tobak.

„Gabriel?" Kelbis Hand liegt auf meinem Unterarm. „Gabriel", wiederholt sie, woraufhin ich sie blinzelnd anschaue. Die Brauen über ihren königsblauen Augen sind besorgt zusammengezogen. Sie erkennt, dass mich die Sache mitnimmt.

„Alles okay?" Mitfühlend neigt sie den Kopf zur Seite.

„Wann?", will ich wissen. „Wann wirst du ihn mitnehmen und ins Waisenhaus stecken?"

Sie verzieht die Lippen. „Ich glaube, du hast ein falsches Bild von Waisenhäusern. Dort ist es nicht so schlimm, wie man denkt."

„Wann?", frage ich noch einmal, schaffe es nicht, meine Gereiztheit zu verbergen.

„Das wird sich bis morgen Vormittag herausstellen. Das am Telefon eben war mein Vorgesetzter. In einer Stunde findet in der Zentrale eine Sondersitzung statt. Dort wird entschieden, wie es mit den Notfällen, zu welchen auch Leo gehört, weitergeht. Franklin meint, die Stadt hätte vor, Zelte zu errichten. Genaues weiß ich aber nicht." „Zelte?", frage ich ungläubig. „Ihr wollt kleine Kinder bei diesen Temperaturen in Zelte stecken?"

„Besser als auf der Straße zu sitzen, oder?"

Unfassbar. Mit der flachen Hand fahre ich mir über Mund und Bart.

„Hör mal, ich muss los. Die Zentrale liegt am anderen Ende der Stadt."

„Natürlich." Ich reiße mich zusammen, weiß, dass Kelbi nichts für die Umstände kann. „Malroy wird dich fahren. Ich sage ihm Bescheid."

„Das ist nett. Vielen Dank", sagt sie und geht zur Tür. „Und ich melde mich, sobald ich etwas Neues weiß."

„Tu das."

„Bis dann." Kelbi hat sich noch einmal zu mir umgedreht. Ich versuche das Lächeln, das sie mir schenkt, zu erwidern, scheitere jedoch.

„Bis dann", sage ich, woraufhin sie hinaus in den Flur geht. Als sie die Tür hinter sich schließt, drehe ich mich zu Leo um und seufze schwer.

„Es tut mir so leid, kleiner Kumpel", sage ich und fühle mich hilflos wie eine Schildkröte auf dem Rücken. Normalerweise finde ich immer und für alles eine Lösung. Die richtige Summe hat noch jedes Problem gelöst. Doch in diesem Fall kann kein Geld der Welt dem Jungen zurückbringen, was er verloren hat. Machtlos zu sein, stelle ich fest, ist ein verdammt mieses Gefühl.

12

Kelbi

Was für ein Tag.

Erschöpft sitze ich auf einer der Bänke im Speisesaal des St.-Marcus-Waisenhauses. Auf meinem Schoß, das Gesichtchen an meine Brust geschmiegt, hockt die fünfjährige Ramona. Hillary hat sie zur Waise gemacht. Ein Schneepflug hat das Auto ihrer Eltern frontal erfasst. Die beiden starben noch an der Unfallstelle, vor den Augen ihrer Tochter. Rettungskräfte haben die Kleine befreit und im Krankenhaus versorgt. Ihr fehlt nichts, doch seit dem Unfall spricht sie nicht mehr. Heute Nachmittag wurde Ramona in meine Obhut übergeben und ich habe sie hierhergebracht.

„Gott sei Dank hat der Statiker grünes Licht gegeben." Leah, die sich mit einer Tasse Tee zu uns an den Tisch setzt, seufzt erleichtert. „In dieser winzigen Turnhalle hätte ich es keine Sekunde länger ausgehalten."

Das wusste ich. Darum habe ich alles darangesetzt, dass der Mann eher kommt, um den Anbau des Waisenhauses zu begutachten. Zum Glück, meinte er, wären keine tragenden Wände beschädigt, und auch das Dach sei stabil, weshalb Leah und die Kids zurückdurften.

„Das glaube ich gern“, sage ich, während meine Freundin die Tasse vor Ramona auf den Tisch stellt. Statt sich zu bedanken, versteckt das Mädchen ihr Gesicht an meiner Brust.

„Der Tee ist für dich. Trink ruhig“, ermutige ich sie und streiche liebevoll durch ihr zerzaustes braunes Haar.

„Ich habe Honig reingemacht, damit er schön süß ist“, versucht Leah zu der Kleinen durchzudringen. Vergeblich. Ramona bewegt sich keinen Millimeter und versteckt ihr Gesichtchen weiter an meiner Bluse. Leah seufzt. Sie wirkt ausgelaugt, ihre sonst vor Lebensfreude sprühenden Augen sind leer. Darum ringe ich mit mir, sie auf Leo anzusprechen.

„Was ist?“ Wie immer sieht sie mir an, dass mich etwas beschäftigt.

„Nicht so wichtig.“

„Von wegen.“ Sie hebt den Finger, deutet auf mein Gesicht. „Die Falte zwischen deinen Brauen sagt etwas anderes. Also, was ist los?“

„Es geht um Leo“, gebe ich mit einem Seufzen nach.

„Das Baby, um das sich dein Mr Bigboss mit den geschickten Händen kümmert?“

„Er ist nicht mein Mr Bigboss.“ Augenverdrehend bereue ich, Leah von der Nacht mit Gabriel erzählt zu haben. Ach, wem mache ich was vor, ihr das zwischen uns zu verheimlichen wäre unmöglich gewesen. Sie hat es mir angesehen. In Sachen Menschenkenntnis macht meiner Freundin keiner was vor.

„Franklin und ich haben herausgefunden, dass Leo beide Eltern verloren hat“, komme ich aufs Thema zurück.

„Er ist eine Waise?“

Die Lippen bedauernd zusammengedrückt nicke ich. „Ohne lebende Verwandte oder enge Angehörige.“

„Oje, das arme Kerlchen.“ Leahs Miene ist voller Mitgefühl. Sie ist ein guter Mensch. Niemand hat ein größeres Herz für Kinder als sie. Und genau darauf baue ich.

„Noch kümmert sich Gabriel um den Kleinen, aber ich habe versprochen, so rasch wie möglich eine Bleibe für ihn zu finden.“

„Wie stellst du dir das vor?“ Sie hebt ungläubig die Brauen. „Alle staatlichen Einrichtungen sind hoffnungslos überfüllt. Das hast du selbst gesagt.“

„Das stimmt“, bestätige ich und hoffe, dass sie den Wink mit dem Zaunpfahl versteht – was sie nicht tut.

„Du nimmst den Kleinen bestimmt nicht zu dir, so viel ist sicher“, überlegt sie laut. „Also was bleibt dann noch? Eine Adoption? Hast du vor, Adoptiveltern für den Jungen zu finden? Wobei, nein, das ginge zu lange. Allein der Papierkram dauert Monate.“ „Stimmt. Die Adoption ist keine Lösung. Zumindest nicht sofort. Ich suche einen Platz, an dem der Junge gut aufgehoben ist. Einen, an dem er Liebe erfährt und sich wohlfühlt.“ Mein Blick streicht vielsagend durch den Saal, und endlich checkt Leah, worauf ich hinauswill.

„O nein, keine Chance! Mir bringst du das Baby nicht!“

„Leah, bitte, ich weiß nicht, wo ich ihn sonst unterbringen soll.“ Zugegeben, das ist geflunkert. Wenn ich wollte, würde ich natürlich einen Platz für ihn finden. Aber ich möchte nicht, dass er woanders unterkommt. Er soll hier, im St.-Marcus-Waisenhaus, leben. Wo ich weiß, dass er gut aufgehoben ist, und ich jederzeit nach ihm sehen kann.

Leahs ausgestreckter Arm zeigt auf das Matratzenlager hinter uns, auf dem die Kids sitzen und mit dem neuen Bauernhof spielen, den ich ihnen gekauft habe. „Erst gestern hast du mir drei Neuankömmlinge gebracht, heute zwei weitere.“ Ihr Blick sinkt auf Ramona, die das Gesicht von meiner Bluse gelöst hat und zu den anderen Kindern hinüberspäht. Sanft streiche ich ihr die Haare aus der Stirn.

„Ich habe dir gesagt, dass ich keinen Platz mehr habe. Wie stellst du dir das vor?“, fragt Leah vorwurfsvoll. „Soll ich die Kinder stapeln?“

„Natürlich nicht. Aber ...“

„Schau dich um“, fällt sie mir ins Wort, ehe ich sie mit meiner Bitte weiter bedrängen kann. „Ich weiß jetzt schon nicht mehr wohin mit den vielen Kindern.“

Zugegeben, das Matratzenlager füllt jeden freien Zentimeter des Saals aus.

„Was ist, wenn du sein Bettchen in die Küche stellst? Oder die Speisekammer?“ Meine Fragen zeigen, wie verzweifelt ich bin.

„Wo es keine Heizung gibt? Nein, das kommt nicht infrage.“ Sie holt hörbar durch die Nase Luft und sieht mich ernst an. „Tut mir leid, Kelbi. Sosehr ich dir auch helfen möchte, ich kann nicht.“

Mist, das hatte ich befürchtet. Ich ringe mir ein Lächeln ab und nicke.

„Kelbi?“ Das ist Timmy, der mir auf die Schulter tippt. Mit Ramona auf dem Schoß wende ich mich dem Jungen mit der Dauerrotznase zu.

„Ja, mein Großer?“

„Glaubst du, Ramona will Mr Pig sehen?“

„Das ist eine gute Frage.“ Den Kopf zur Seite geneigt schaue ich das Mädchen mit den traurigen Augen und den strubbeligen Haaren an. „Was meinst du? Hast du Lust, dir Timmys Plüschschweinchen anzusehen?“

Statt zu antworten, vergräbt sie wieder ihr Gesicht an meiner Brust und krallt die Finger in meine Bluse, als hätte sie Angst, ich würde sie allein lassen. Leah und ich tauschen einen besorgten Blick. „Weißt du was, du kannst dir Mr Pig in Ruhe ansehen“, flüstere ich dem Mädchen ins Ohr. „Er ist ganz flauschig und ich habe gehört, dass er grunzt, wenn man auf sein Bäuchlein drückt.“

„Oh“, macht die Kleine und löst sich gerade so weit von mir, dass sie Timmy anschauen kann. Die Hände in die Hüften gestemmt steht der Fünfjährige selbstbewusst und breitbeinig wie Peter Pan vor ihr.

„Geh nur, sieh dir das Schweinchen an.“

Ramona hebt den Kopf und schaut unsicher zu mir auf. „Keine Sorge, ich warte hier auf dich. Versprochen.“ Das lässt sie Mut schöpfen und zaghaft nach der Hand greifen, die Timmy ihr hinhält. Zu sehen, dass sie sich öffnet und mit ihm geht, lässt mein Herz vor Freude hüpfen. Glücklich schaue ich den beiden hinterher, beobachte, wie sie über das Matratzenlager zu seinem Schlafplatz stapfen.

„Hach“, seufzt meine Freundin, und mir fällt auf, dass sie mich versonnen ansieht. „Es ist und bleibt schade, dass du keine eigenen Kinder willst. Ich kenne niemanden, der so ein Händchen für sie hat wie du.“

„Ich schon.“ Nämlich sie. „Und wenn wir gerade dabei sind: Es ist und bleibt schade, dass du mir mit dem Thema Kinder schon wieder auf den Keks gehst.“ Das nervt! „Du weißt, wie ich dazu stehe.“

Leah schnalzt mit der Zunge. „Hältst du immer noch an dem Blödsinn fest, den du in dieser Psychologie-Zeitschrift gelesen hast?“

„Das ist kein Blödsinn. Dass Narzissmus vererbbar ist, ist in mehreren Studien belegt worden. Das ist eine ernsthafte psychische Störung.“

„Die du nicht hast“, beharrt sie. „Mal im Ernst, würde ein Narzisst sein Leben benachteiligten Kindern widmen oder die Gefühle anderer über die eigenen stellen?“

„Vermutlich nicht, aber ...“

„Du bist weder manipulativ noch selbstsüchtig oder kritikunfähig. Sieh es ein, du bist nicht wie *sie*.“

Manipulativ und kritikunfähig?

Diese Worte wecken eine Erinnerung. Vor meinem geistigen Auge erwacht ein Bild. Ich sehe mich als Sechsjährige auf der Rückbank unseres damaligen matschbraunen Chevys sitzen.

***

„Tut mir leid, dass ich den Bus verpasst habe“, sage ich und suche den Blick meines Dads im Rückspiegel. Seine dunkelblauen Augen funkeln zornig.

„Steh nächstes Mal gefälligst gleich auf, wenn man dich weckt. Ich hab Besseres zu tun, als dich zur Schule zu fahren.“

„Aber das bin ich!“ Seit Mom angefangen hat, mir kein Frühstück zu geben, wenn ich liegen bleibe, stehe ich morgens immer sofort auf.

„Ach ja, und wie kommt es dann, dass du den Bus verpasst hast?“

Das liegt daran, dass Mom mich erst vor ein paar Minuten geweckt hat. Ihretwegen war ich zu spät, möchte ich ihm sagen, traue mich aber nicht. Weil er dann noch wütender wird und wieder anfängt, das, was ich gesagt habe, so umzudrehen, dass letztlich ich die Böse bin. Das machen sie jedes Mal, Mom und Dad. Egal was passiert, die Schuldige bin am Ende immer ich. Darum erspare ich mir die Erklärung und senke den Kopf.

Dad brummt etwas in seinen Dreitagebart und fährt hinaus auf die Straße.

Weil ich in der Schule gelernt habe, dass es wichtig ist, sich im Auto anzuschnallen, suche ich nach dem Gurt – finde ihn jedoch nicht.

„Wo ist der Gurt?“, erkundige ich mich bei Dad, der mir einen genervten Blick durch den Rückspiegel zuwirft. „Na da, wo er immer ist.“

„Nein, da ist nichts. „Dann steckt er wahrscheinlich unter der Rückbank, hab gestern die Sitze umgeklappt."

„Kannst du ihn für mich rausholen?"

„Warum?"

„Weil Miss McKellen gesagt hat, dass es wichtig ist, sich im Auto anzuschnallen."

„Pah, deine Lehrerin", sagt er abfällig. „Was weiß die schon. Früher hat sich kein Mensch angeschnallt." Wieder grummelt er etwas vor sich her.

Weil mir klar ist, dass er nicht vorhat, mir mit dem Gurt zu helfen, falte ich die Hände im Schoß und akzeptiere seine Entscheidung.

An der Ampel vor dem Supermarkt zieht er einen Zigarrenstummel aus der Brusttasche seines Baumwollhemds und angelt eine Zündholzschachtel aus der Ablage. Im Autoradio laufen die Nachrichten. Den Stummel im Mundwinkel reißt Dad ein Streichholz an, als die Ampel auf Grün springt. Freihändig fährt er los.

„... und damit kommen wir zum Sport", verkündet die gut gelaunte Stimme des Moderators.

„Mach das mal lauter", nuschelt Dad um die Zigarre zwischen seinen Lippen herum.

„Wie bitte?"

„Lauter machen", verlangt er und zieht am Stummel. Er fährt noch immer freihändig und für meinen Geschmack viel zu schnell. Weil ich nicht will, dass er mit mir schimpft, lehne ich mich vor und krabble über die Mittelkonsole zum Autoradio. Gerade strecke ich eine Hand nach dem Lautstärkeregler aus, da entweicht ihm ein „FUCK!".

Bremsen quietschen und ich werde nach vorn und mit dem Kopf gegen das Autoradio geschleudert. Ein greller Schmerz explodiert an meiner Stirn. Der Wagen kommt zum Stehen.

„Kelbi, verflucht!“ Dads Hand schiebt sich unter mich. Er hebt mich hoch und verfrachtet mich auf die Rückbank.

Perplex blinzle ich den Schleier vor meinen Augen weg und erkenne, dass Dad von der Straße abgekommen und gegen einen Zeitungsständer gekracht ist. Grauer Rauch steigt aus der Motorhaube auf. Drüben, auf der anderen Straßenseite, hält ein Polizeiwagen. Der Cop, der aussteigt und auf uns zukommt, lässt Dad nervös werden.

„Scheiße“, knurrt er und dreht sich zu mir um. „Was sollte denn das? Was kletterst du einfach so nach vorn?“ Sein vorwurfsvoller Blick lässt mich in meinem Sitz zusammenschrumpfen.

„Aber du hast gesagt, ich soll lauter machen.“ Ich hebe eine Hand an die Stirn, weil da etwas Feuchtes ist … Blut. Es klebt an meinen Fingern und läuft mir über die Nase und in die Augen.

„Blödsinn!“

„Doch, das hast du gesagt. Zwei Mal.“

Ein Klopfen an der Scheibe unterbricht uns.

Dad kurbelt das Fenster herunter und begrüßt den Cop mit einem überschwänglichen „Hallo, Officer“.

„Führerschein und Zulassung“, verlangt der Mann und wirft einen Blick auf mich. Der strenge Ausdruck auf seiner Miene verschwindet und weicht Besorgnis. Sofort hebt er eine Hand an das Funkgerät an seiner Schulter.

„Ach, das sieht schlimmer aus, als es ist", versucht Dad zu beschwichtigen, während der Officer einen Krankenwagen für mich anfordert. „Die Kleine hat sich nur den Kopf gestoßen. Das kommt davon, wenn man nicht auf seinen Dad hört. Ich habe ihr gesagt, sie soll sich anschnallen, aber das Kind gehorcht einfach nicht." Erneut wirft mir mein Vater einen Blick zu. Diesmal liegt in seinen Augen ein Ausdruck, den ich kenne und fürchte. Es ist eine Warnung. Keine Widerworte oder es gibt Ärger.

Also senke ich den Kopf und schweige.

***

Damals ahnte ich nicht, was für ein schlechter Mensch mein Dad war oder ist ... wenn er denn noch lebt. Dass er mich bereits als Kind manipuliert und seine Fehler auf mich abgewälzt hat. Heute weiß ich es besser. „Das ist mein Ernst, Kelbi", sagt Leah und legt eine Hand auf meine Schulter. „Du bist nicht wie deine Eltern."

Und was, wenn du dich täuschst? Wenn ich es doch bin?

Leah kennt mich gut, aber nicht einmal sie kann in mein Innerstes sehen. Was, wenn ich ihre psychische Störung geerbt habe? Schon klar, jetzt geht es mir gut, aber was, wenn die Krankheit später einmal, zum Beispiel in der Schwangerschaft, ausbricht oder sich mit zunehmendem Alter zeigt? Ich weiß, in der Hinsicht habe ich einen Knacks, aber ich will nun mal nichts riskieren. Die Furcht, so zu werden wie *sie*, sitzt zu tief.

Mein klingelndes Handy unterbricht unser Gespräch. Bevor es die Kids aufweckt, krame ich es rasch aus der Tasche. „Oh."

„Was ist? Wer ist es?" Die Stirn gekräuselt sieht mich Leah an.

„Gabriel Nixon."   „Ach?" Auf ihren Lippen breitet sich ein wissendes Lächeln aus. „Was dein Mr Bigboss wohl will?"

„Er ist nicht mein … Ach, vergiss es." Mein Herz flirrt vor Aufregung und ich bin machtlos dagegen. Das letzte Mal, als er mich so spät angerufen hat, wollte er, dass ich vorbeikomme, um Leo zu baden. Ich erinnere mich lebhaft an diesen Abend. An den Sex, Gabriels hübsches Gesicht zwischen meinen Brüsten und seine Zunge, die mich verwöhnt hat. Hitze flutet durch meinen Unterleib, und ich muss an mich halten, nicht aufzukeuchen. Stattdessen hebe ich mit einem möglichst neutral klingenden „Hallo, Gabriel" ab.

„Kelbi?"

Seine Stimme geht mir unter die Haut.

Ob er anruft, weil er mich braucht? Was, wenn er mich wieder zu sich bittet? Kann es sein, dass es ihm genauso geht wie mir? Muss er auch immerzu an unsere gemeinsame Nacht denken – und wenn ja, träumt er auch von einer Wiederholung?

„Ich habe eine Entscheidung getroffen."

„Eine Entscheidung?" Überrascht hebe ich die Brauen.

„Ja. Leo wird nicht ins Waisenhaus gebracht. Ich will, dass du anständige Adoptiveltern für ihn findest." „Adoptiveltern? Aber das kann Jahre dauern."

„Ist mir bewusst. Deshalb habe ich ein Team zusammengestellt, das dich bei der Suche nach einem passenden Paar unterstützen wird. Außerdem habe ich mit deinem Vorgesetzten telefoniert."

„Mit Franklin?" Meine Augen werden groß.

„Ja. Ich habe ihm die Situation geschildert und versichert, dass Leo bis zur Übergabe in meiner Obhut bleibt."

Bitte was? Wollte er den Kleinen nicht so rasch wie möglich loswerden?

„Er befürwortet die Zusammenarbeit und stellt dich frei, wann immer es nötig ist."

Ach ja? Ich bin überfordert. Bis eben habe ich mir den Kopf zermartert, wo ich Leo unterbringen könnte, und plötzlich das?!

„Du hast morgen früh um acht Uhr ein Meeting im *Nixon Tower*. Mrs Adams hat sich bereits um alles Nötige gekümmert."

„Morgen schon?" Mir klappt der Mund auf und Leah sieht mich mit zwischen die Zähne gezogenen Lippen an. Sie kann es kaum erwarten, zu erfahren, was los ist.

„Kelbi." Die Sanftheit in Gabriels Stimme neckt zart wie eine Feder mein Ohr. „Ich weiß, dass du viel zu tun hast. Aber ich will bloß dich."

Puff! Mein glühendes Herz ist explodiert.

Er will bloß mich? Wie darf ich das verstehen? „Du kennst Leo und ich vertraue dir. Ich weiß, du wirst den richtigen Platz für ihn finden."

Verstehe. Seine Worte klingen logisch. Warum nur werde ich das Gefühl nicht los, dass sie doppeldeutig gemeint sind?

Wunschdenken. Ihm geht es um das Baby, sonst um nichts, antwortet ein rationaler Teil in mir.

„Kann ich mit deiner Unterstützung rechnen?", fragt er, als meine Antwort ausbleibt.

„Das kannst du", erwidere ich, was meine Freundin, die wie auf glühenden Kohlen sitzt, auf ihrem Hintern hin und her rutschen lässt. „Fantastisch. Dann morgen um acht im *Nixon Tower*. Zwölfter Stock. Mrs Adams erwartet dich." Damit legt er auf und ich nehme das Handy vom Ohr. „Und?" Leah sieht mich abwartend an. „Was sagt er?"

Den Blick ungläubig auf das Telefon gesenkt schüttle ich den Kopf. „Wies aussieht, werde ich deine Hilfe doch nicht brauchen."

„Hä? Das verstehe ich nicht."

Den Blick hebend schaue ich in ihre braunen Augen. „Gabriel besteht darauf, dass ich Adoptiveltern für Leo finde. Bis es so weit ist, behält er ihn bei sich."

13

Gabriel

Die Hände hinter dem Rücken verschränkt stehe ich vor der Fensterfront meines vorübergehenden Büros im *Golden Lady* und schaue auf die Stadt hinab. Mein Blick wandert in Richtung *Nixon Tower*, wo sich Kelbi und mein Team gerade im Meeting befinden. Ich frage mich, wie es läuft, und muss gestehen, dass ich gerne dabei wäre. Nicht, weil ich meinen Leuten misstraue, sondern weil ich Kelbi wiedersehen will. Seit unserer gemeinsamen Nacht bekomme ich die toughe Blondine nicht mehr aus dem Kopf. Ständig muss ich an ihre blauen Augen denken, an ihre weiche Haut und die rosafarbenen Nippel, die sich so verflucht gut zwischen meinen Zähnen angefühlt haben. Unglaublich, aber allein der Gedanke an ihre Brüste lässt es eng in meiner Hose werden. Ich komme mir wie ein hormongesteuerter Teenager vor, was erschreckend ist. Das letzte Mal, dass eine Frau eine solche Wirkung auf mich ausübte, war auf dem College. Mit meinen bald vierzig Jahren habe ich mich sexuell ausgetobt. Ich kenne meinen

Körper, weiß, was ich will, und werde nicht hart nur wegen einem Paar hübscher Brüste. Zumindest normalerweise. Aber Kelbi ist anders als die Frauen, mit denen ich es sonst zu tun habe. Sie ist bodenständig, echt und scheut sich nicht, mir die Stirn zu bieten. Das imponiert mir.

Es lässt sich schwer in Worte fassen, was da zwischen ihr und mir ist, doch es scheint größer zu sein, als uns bewusst ist. Eines steht auf jeden Fall fest: Je mehr Zeit ich mit ihr verbringe, desto stärker fühle ich mich zu ihr hingezogen.

Ein Klopfen an der Tür erregt meine Aufmerksamkeit.

„Ja?“, sage ich und drehe mich um.

„Mr Nixon?“ Edwina kommt zur Tür herein.

„Was gibt’s?“

„Sie wollten, dass ich Sie auf dem Laufenden halte.“ Die Hände vor dem Schritt gefaltet, das graue Haar zum Knoten geschlungen, steht die alte Dame in ihrer Kindermädchenuniform da und schenkt mir ein mütterliches Lächeln. „Leos Verband ist gewechselt. Außerdem habe ich den Jungen gefüttert, gebadet und hingelegt.“ „Er schläft?“ Das überrascht mich – ich habe ihn gar nicht weinen hören. Normalerweise brüllt der Kleine immer erst das ganze Hotel zusammen, ehe ihm die Augen zufallen.

Respekt, die Frau ist gut. Ich hätte wirklich auf Kelbi hören und sie sofort einstellen sollen.

Dank Edwina kann ich wieder ein normales Leben führen und meiner Arbeit nachgehen. Sosehr ich mich anfänglich gegen die Frau gewehrt habe, so wenig möchte ich sie heute missen. Zwei Nächte lang werde ich mit Leo noch allein sein, weil sie einige private Dinge zu erledigen hat. Dann wird die Nanny hier einziehen und sich, bis zur Adoption, rund um die Uhr um den Kleinen kümmern.

„Ja, Sir, Leo schläft. Wenn er aufwacht, dachte ich, könnte ich mit ihm an die frische Luft gehen."

„Das ist eine gute Idee. Sagen Sie Bescheid, wenn Sie was brauchen."

„Das mache ich. Danke, Sir." Sie nickt und wendet sich zum Gehen. Als sie den Raum verlässt, schaue ich erneut aus dem Fenster.

Vielleicht sollte ich Kelbi später anrufen und mir berichten lassen, wie das Meeting war. Oder besser noch, ich lade sie zum Lunch ein.

Der Gedanke, sie zum Essen auszuführen, gefällt mir. Erneut klopft es.

Schätze, Edwina hat etwas vergessen.

„Dann ist es also wahr, Gabe", vernehme ich eine vertraute Stimme, drehe mich um und entdecke meinen Bruder Aiden. Die Hände in den Hosentaschen seines *Brando Bertani*-Designeranzugs vergraben steht er in der Tür und sieht mich mit neutraler Miene an.

„Aiden, was verschafft mir die Ehre?" Es freut mich, dass er vorbeischaut. Zuletzt habe ich ihn vor zwei Wochen auf der Silvestergala gesehen. „Ich war drüben im *Nixon Tower*, wollte nach dir sehen. Deine Assistentin meinte, du hättest dich vorübergehend hier einquartiert. Sie sagte etwas von einem Baby?" Eine Braue hochgedrückt sieht er sich im Zimmer um.

„Ja, Leo. Ich habe ihn während des Sturms aus dem Auto seiner Mutter gerettet. Die beiden waren von der Straße abgekommen."

„Und die Mutter?"

„Ist tot. Komm, ich erzähl dir alles." Mit einer einladenden Geste deute ich auf die Loungemöbel in der Ecke. Dann lasse ich uns zwei Espressi bringen und geselle mich zu meinem Bruder.

Eine Viertelstunde später ist er auf dem neuesten Stand.

„Dann hast du dem Jungen also das Leben gerettet", fasst er unser Gespräch zusammen und stellt die leere Kaffeetasse vor sich auf den Tisch. „Und wie geht es jetzt weiter?"

„Ich habe ein Team auf die Beine gestellt, das zusammen mit Miss Shipley geeignete Adoptiveltern für den Kleinen finden soll."

„Und warum keine Pflegefamilie? Wäre so etwas nicht leichter zu finden?"

„Schon, aber ich will verhindern, dass Leo zu Leuten kommt, denen es nur ums Geld geht. Verstehst du, er soll in einem richtigen Zuhause aufwachsen."

Aiden nickt. Er weiß, was ich meine. Gute Eltern sind wichtig. Wir hatten die beste Mutter, die man sich wünschen kann. Emily Nixon war nicht nur wunderschön, sondern auch eine Seele von Mensch. Im Gegenteil zu unserem Vater, den lange Zeit nur die Firma interessierte, war sie immer für uns da. Ihr Tod hat meinen Brüdern und mir damals den Boden unter den Füßen weggerissen. Aber ich glaube, niemand hat unter ihrem Verlust so sehr gelitten wie Aiden. Da half es auch nicht, dass Dad nach ihrer Beerdigung eine Kehrtwende hingelegt und sein Leben geändert hat. Wie ich das sehe, hat Moms Tod Dad die Augen geöffnet. Er hat erkannt, dass nichts für die Ewigkeit und das Wichtigste im Leben die Familie ist. Eine späte Einsicht. Aber lieber spät als nie. Aiden hingegen scheint das anders zu sehen. Wir haben nie direkt darüber gesprochen, aber ich glaube, er verurteilt unseren Vater für sein Verhalten. Dass er sich zu Moms Lebzeiten einen Dreck um die Familie geschert, jedoch, kaum dass sie unter der Erde lag, den fürsorglichen Vater gegeben hat, ist in seinen Augen geheuchelt. Das Verhältnis der beiden ist seither angespannt. Mit dem Ultimatum, das Vater uns auf der Silvestergala gestellt hat, hat er zusätzlich Öl ins Feuer gegossen. Wie ich Aiden kenne, wird er sich genauso wenig erpressen lassen wie ich. Die Forderung, bis Ende des Jahres für einen Erben zu sorgen, ist allerdings auch maßlos übertrieben. Typisch für Sean Nixon. Wehe, wenn der Mann sich etwas in den Kopf gesetzt hat. Apropos Silvestergala. Da fällt mir etwas ein.

„Genug von mir geredet", sage ich. „Wer war die Kleine, mit der du dich auf der Silvestergala so lange unterhalten hast?" Dass sich mein Bruder länger als fünf Minuten mit ein und derselben Frau unterhält, ist auffallend. Normalerweise interessiert ihn das Privatleben seiner One-Night-Stands in etwa so wenig wie das einer Eintagsfliege.

„Wen meinst du?"

„Na, die Schönheit, mit der du auf dem Balkon gestanden hast. Ihr wart ewig da draußen. Dachte schon, ihr wärt festgefroren."

Aidens braune Augen werden eine Nuance schmaler. „Das war niemand Wichtiges", sagt er, doch ich sehe ihm an, dass er lügt – genauso wie damals, bei der Sache mit Dads Mercedes. Fremde Leute mögen auf seine steife Mimik und undurchsichtige Miene hereinfallen. Doch ich blicke hinter sein Pokerface, erkenne, dass da mehr ist. Allerdings kenne ich meinen Bruder gut genug, um zu wissen, dass er sich nicht drängen lässt. Wer auch immer die hübsche Unbekannte war, er wird es mir erzählen, wenn er so weit ist.

Wir unterhalten uns noch eine Weile über seine Aktieninvestitionen, die, wie ich erfahre, hervorragend laufen, ehe er schließlich aufbricht.

Während Aidens Besuchs musste ich immer wieder an Kelbi denken. Ich frage mich, wie das Meeting war und was sie gerade macht. Ob sie an mich denkt? Verdammt, ich muss sie wiedersehen. Heute noch! Darum schnappe ich mir mein Handy und schreibe ihr kurzerhand eine Nachricht.

14

Kelbi

Atemlos haste ich das Treppenhaus des *Nixon Hotels* empor. Es ist halb neun abends. Mein Tag war ein einziges Chaos. Erst die Besprechung im *Nixon Tower*, die viel zu viel Zeit in Anspruch genommen hat, dann habe ich mein Auto aus der Werkstatt geholt und durfte mich direkt im Anschluss um eine Familie kümmern, die im Stadtsaal untergebracht war und die verlegt werden musste. Familien fallen eigentlich nicht in meinen Zuständigkeitsbereich, doch da es sich um Franklins Schwester handelte, machte ich eine Ausnahme. Kaum war die Sache erledigt, erhielt ich einen Anruf von der Polizei. Ein sechsjähriger Junge aus Alabama hatte seine Eltern verloren. Mit dem Kind im Schlepptau fuhr ich in die Zentrale und von da aus zurück in den *Nixon Tower*, weil Toni, der Leiter des Teams, das Gabriel zusammengestellt hat, noch eine Unterschrift brauchte. Wie ein Gummiball bin ich den ganzen Tag hin und her gehüpft, hab mich um tausend Dinge gekümmert und wurde am Ende trotzdem nicht fertig. Meine

To-do-Liste ist ellenlang. Ganz oben steht ein Besuch bei Gabriel an. Er hat mir heute Vormittag geschrieben und mich zum Lunch eingeladen. Schätze, er wollte sich auf den neuesten Stand bringen und mich berichten lassen, wie das Meeting war. Ich habe ihm abgesagt, weil ich keine Zeit hatte. Am Nachmittag hat er mir erneut geschrieben und mir ein Dinner im *La Petite*, einem exklusiven Sternerestaurant, vorgeschlagen. Ich kann ja verstehen, dass er erfahren möchte, wie es weitergeht, aber ich habe einfach keine Zeit, um schick essen zu gehen. Bei all dem Stress bin ich froh, wenn ich überhaupt was in den Bauch bekomme. Mein Frühstück bestand heute aus einem Coffee to go und zu Mittag habe ich dem Jungen aus Alabama und mir einen Hotdog besorgt. Das ist alles, was ich zwischen die Zähne bekommen habe.

Eigentlich müsste ich mich jetzt um ein Geschwisterpaar kümmern, das seit Tagen im Krankenhaus ausharrt. Franklin hat mich vor einer halben Stunde, als ich unter der Dusche stand, angerufen und gebeten, die zwei abzuholen. Drei Minuten später erhielt ich einen Anruf von Gabriel, der ebenfalls meine Hilfe braucht. Offenbar hat Leo hohes Fieber. Da ich mich nicht teilen kann, kümmert sich Franklin um die Geschwister und ich mich um Leo.

Mit hämmerndem Puls erreiche ich die sechste Etage, wo die Schreie des Babys bereits zu hören sind. Voller Sorge eile ich in den Flur, wo mich Brick empfängt.

„Miss Shipley“, sagt er und öffnet, ohne anzuklopfen, die Tür zu Leos Zimmer.

„Vielen Dank." Als ich eintrete, entdecke ich Gabriel, der in seinem Maßanzug und mit dem Kleinen auf dem Arm vor der Fensterfront auf und ab geht. Man sollte meinen, ein Schlipsträger mit einem schreienden Baby auf dem Arm ist und bleibt ein seltsamer Anblick. Doch ich habe mich bereits daran gewöhnt.

„Kelbi, du bist da!" In Gabriels Augen erwacht Erleichterung. Er wirkt mitgenommen. Sein braunes Haar ist zerzaust, und wie es aussieht, hat Leo sein Jackett vollgespuckt. Trotzdem sieht der Mann wahnsinnig gut aus.

„Was ist denn los? Schreit er schon lange?", will ich wissen, schließe hinter mir die Tür und werfe meine Handtasche aufs Bett.

„Nein. Erst seit Edwina gegangen ist. Das war vor einer Dreiviertelstunde."

„Und du sagst, er hat hohes Fieber?", frage ich, schlüpfe aus meinem Mantel und werfe ihn zu der Tasche, bevor ich auf Gabriel und den Kleinen zugehe.

„37,8 Grad. Brick hat mit diesem Ohrthermometer gemessen", erklärt er und deutet mit dem Kopf auf die Wickelkommode, wo besagter Fiebermesser liegt.

„Keine Sorge, 37,8 Grad ist nicht bedenklich. Das nennt man erhöhte Temperatur. Darf ich?" Ich bleibe vor den beiden stehen und hebe die Hände. Gabriel gibt mir den Kleinen, den ich auf den Armen wiege. „Ist ja schon gut", sage ich mit weicher Stimme und betrachte den Jungen genauer. Er hat die Händchen zu Fäusten geballt und leuchtend rote Wangen. „Armer Schatz." Liebevoll streiche ich über seine feuchtgeschwitzte Stirn. Sie ist warm, glüht aber nicht. „Du und Brick, wann genau habt ihr sein Fieber gemessen?“

„Vor etwa einer halben Stunde. Malroy hat Medikamente besorgt, aber ich weiß nicht, was ich Leo davon geben darf.“

„Lass uns erst mal sehen, wie schlimm es ist“, sage ich über das Gebrüll des Jungen, durchquere den Raum und lege ihn auf die Wickelkommode. Gabriel folgt mir und sieht zu, wie ich Leos Temperatur messe. „37,8 Grad.“

„Ist das gut?“

„Sagen wir so, das Fieber ist nicht gestiegen.“

„Und jetzt?“

Gute Frage. Ich bin kein Arzt. Vermutlich hat er einen Infekt oder ... Augenblick. Leos winzige Faust wandert in seinen Mund. *Kann es sein, dass er zahnt? Die roten Wangen und die erhöhte Temperatur würden passen. Außerdem sabbert er.*

Da kommt mir Selma in den Sinn, ein Waisenkind, das Leah mit gerade mal einem Monat bei sich aufgenommen hat. Die hat ihren ersten Zahn mit sechs Wochen bekommen. Ich erinnere mich, dass Leah damals meinte, dass die Kleine früh dran wäre. Vielleicht ist das bei Leo auch der Fall.

„Ich denke, er zahnt.“

„Ist das schlimm?“ Gabriel klingt aufrichtig besorgt.

„Unangenehm, aber nicht wirklich schlimm.“

„Das heißt?“

„Dass wir ihn bettfertig machen, ihm ein Schmerzmittel geben und hoffen, dass er schlafen kann.“

Gesagt, getan. Während ich Leo wickle und in seinen Pyjama stecke, kümmert sich Gabriel um ein Fläschchen. Wir füttern ihn und geben ihm ein für Säuglinge geeignetes Schmerzmittel. In gedimmtem Licht läuft Gabriel mit dem Kleinen im Zimmer auf und ab. Eine Weile lang brüllt er, dass mir die Ohren klingeln. Irgendwann jedoch fallen ihm die Augen zu. Wir messen erneut seine Temperatur – 36,9 Grad. Das Mittel wirkt. Sehr gut. Vorsichtig legen wir ihn in sein Bettchen und schleichen auf Zehenspitzen aus dem Raum. Gabriel weist Brick an, sich zu dem Kleinen ins Zimmer zu setzen und Bescheid zu geben, falls er aufwacht.

„Hast du kein Babyphon?", frage ich und folge dem Geschäftsmann in sein gegenüberliegendes Büro.

„Doch. Aber ich vertraue dem Ding nicht", erklärt er, schließt die Tür hinter sich und geht ins Bad. „Wie war das Meeting heute?!", kommt seine Stimme aus dem angrenzenden Raum.

„Gut! Toni kümmert sich bereits um alles Rechtliche und den Papierkram."

„Hab gehört, davon gibt es jede Menge!"

„Stimmt. Aber du hast ein gutes Team auf die Beine gestellt. Ich bin sicher, zusammen werden wir ein passendes Zuhause für Leo finden!" Die Worte sind kaum über meine Lippen, da begreife ich, was das bedeuten würde.

Sobald der Kleine an seine Adoptiveltern übergeben wird, war es das. Dann werde ich Gabriel nie wiedersehen.

Der Gedanke lässt es eng um meine Brust werden, weshalb ich ihn verdränge und auf ein anderes Thema zu sprechen komme. „Wie lief es mit Edwina?!"

„Überraschend gut!"

Das freut mich. Lächelnd wende ich mich der Schale Oreo-Kekse zu, die auf dem Couchtisch in der Ecke steht. Mein Magen grummelt vor Hunger. „Bedeutet das, du behältst sie?!"

„Auf jeden Fall", erschreckt mich seine Stimme, die plötzlich nah klingt. Ertappt fahre ich herum und erstarre. Gabriel steht oberkörperfrei und mit einem Handtuch um den Nacken im Türrahmen des Badezimmers. Es dauert einen Moment, bis mein von seinem Anblick überwältigter Verstand rafft, was los ist.

Er hat das vollgespuckte Jackett und sein Hemd ausgezogen und sich frisch gemacht.

„Edwina wird übermorgen hier einziehen und sich ganztägig um Leo kümmern."

„Aha", murmle ich und kann nicht aufhören, meinen Blick über Gabriels breite Brust wandern zu lassen. Meine Finger kribbeln, sie erinnern sich an unsere gemeinsame Nacht. Daran, wie sie diesen begehrenswerten Körper erforschen durften. Hitze strömt in meinen Unterleib. Ich weiß, ich sollte das nicht tun, doch ich schaue an ihm hinab und folge dem dunklen Streifen Schamhaar, der unterhalb seines Sixpacks in der Anzughose verschwindet.

Sein leises Lachen ist es, das mich blinzeln und die Augen heben lässt. Auf den Lippen ein wissendes Grinsen durchquert Gabriel den Raum. Vor seinem Schreibtisch, an dessen Kante er sich lehnt, bleibt er stehen und mustert mich. Mit dem Handtuch wischt er einige Wassertropfen von seiner wie gemeißelten Brust und wirft es achtlos zur Seite.

„Warum hast du meine Einladungen zum Essen nicht angenommen?“, fragt er mit einer dunklen Stimme, die mir unter die Haut geht. Sie kitzelt meine Sinne und weckt ein Prickeln in meiner Kehle. Das unterschwellige Knistern, das zwischen uns herrscht, seit ich einen Fuß über die Schwelle von Leos Zimmer gesetzt habe, schwillt an.

„Weil ich keine Zeit hatte“, antworte ich und gehe auf ihn zu. Wie von selbst tragen mich meine Füße zu ihm. Ich kann nichts dagegen tun, bin seiner Anziehungskraft hilflos ausgesetzt. Meine Nervenenden flirren, als ich eine Armlänge vor ihm stehen bleibe und zu ihm aufschaue. Gabriel Nixon ist ein eindrucksvoller Mann. Selbstbewusst bis in die Haarspitzen und mit einer natürlichen Dominanz, die ihm aus jeder Pore zu dringen scheint. Unter seinem Blick, der langsam an meiner Bluse und dem Bleistiftrock hinabwandert, fängt die Luft zwischen uns Feuer.

„Die gefallen mir.“ Seine Augen sind auf meine roten Stilettos gerichtet. Er hebt den Kopf, sieht mich unter dunklen Wimpern hervor an. „Ich würde dich gerne nur in den Schuhen sehen.“

Ein Schauer durchläuft mich, als er eine Hand hebt und an den obersten Knopf meiner Bluse legt. Ich fühle mich wie berauscht, wünsche mir nichts sehnlicher als eine weitere Nacht mit ihm. Doch ich habe Angst. Was, wenn er mir das Herz bricht? Ich spüre, dass ich drauf und dran bin, mich in ihn zu verlieben.

„Das ist keine gute Idee“, wispere ich heiser.

„Warum nicht?“

„Du und ich ... ich meine, ich will nicht verletzt werden.“

„Wer sagt, dass ich vorhabe, dir wehzutun?“

Lieber Gott, seine Worte klingen wie ein erotisches Versprechen. Nervös lecke ich mir über die Lippen, während er beginnt, meine Bluse aufzuknöpfen. Mit wild pochendem Herzen lasse ich ihn gewähren, bin wehrlos gegen den Wunsch in mir, von ihm berührt zu werden.

„Ich bin kein Spielzeug, Gabriel“, hauche ich, als er die Bluse über meine Schultern streift und sie zu Boden sinkt.

„Das habe ich nie behauptet.“ Seine Hände schlingen sich um meinen Rücken, und ich kann nicht anders, als in seinen Armen zu schmelzen. Zwei Sekunden später hat er den Verschluss meines BHs geöffnet. Ohne unseren Blick zu unterbrechen, schiebt er die Träger von meinen Schultern. Mit dem zu Boden fallenden Kleidungsstück sinken seine Augen auf meine Brüste.

„Du bist wunderschön“, raunt er mit einer Stimme, die dafür sorgt, dass sich meine Spitzen schmerzhaft fest zusammenziehen. Ich will, dass er sie berührt und wie beim letzten Mal seine Lippen um sie schließt. Doch statt auf meine Oberweite, legen sich Gabriels Hände auf meine Pobacken. Ehe ich begreife, wie mir geschieht, hebt er mich hoch und setzt mich auf die Tischplatte. Dabei rutscht mir der Rock so weit hoch, dass mein schwarzer Slip zu erkennen ist. Gabriel knurrt etwas Unverständliches. Er beißt sich auf die Lippe, hat offensichtlich Mühe, sich zurückzuhalten.

„Zieh dich aus", fordert er mich auf, den lustverschleierten Blick auf meinen Schritt gesenkt. Wie sehr ihn das hier erregt, ist an den schweren Atemzügen zu erkennen, unter welchen sich sein Brustkorb hebt und senkt. Zu sehen, dass er sich zusammenreißen muss, um nicht über mich herzufallen, wirkt wie ein Aphrodisiakum auf mich. Mit hämmerndem Puls lege ich meine Hände an den Saum des Rockes und ziehe ihn lasziv über meinen Hintern und hoch zur Taille. Dann verlagere ich mein Gewicht von einer auf die andere Pobacke und schlüpfe aus meinem Slip. Als der Baumwollstoff über meine Schenkel gleitet und ich ihn von den Füßen kicke, bin ich froh, dass ich mich für halterlose Strümpfe entschieden habe. Gabriels Augen tasten über meine nackte Scham und dann an meinem Körper empor. Als unsere Blicke einander begegnen, bemerke ich, dass mir der Mund offen steht. Mein Atem geht genauso rau wie der seine. Innerlich zitternd kann ich es nicht erwarten, mich endlich mit ihm zu vereinen. Mich mit den Händen zurück auf die Tischplatte stützend präsentiere ich mich ihm.

„So ist es gut, spreiz die Beine für mich", raunt er, als ich langsam und einladend meine Schenkel auseinanderschiebe. Gabriel fasst in eine seiner Hosentaschen und zieht ein Kondom daraus hervor. Mit Mittel- und Zeigefinger der anderen Hand fährt er zwischen meinen Schamlippen entlang, was ein sehnsüchtiges Ziehen durch meinen Körper schickt. Die Finger an seine Lippen hebend, kostest er meine Weiblichkeit, ehe er erst seinen Gürtel und dann die Hose öffnet. Mit den Zähnen reißt er die Hülle des Kondompäckchens auf. Aus dem Augenwinkel heraus sehe ich, wie er das Gummi über seine Erektion streift. Dann tritt er einen Schritt näher, schließt die Lücke zwischen uns und umfängt meine Hüfte. Den Blick fest mit meinem verwoben zieht er mich an die Tischkante, wo er seine Spitze durch meine Mitte zieht und ich vor Wonne erschauere.

„Gabriel", hauche ich und verliere mich im Turmalingrün seiner Augen, als er sich in mich schiebt. Mit einem lustvollen Stöhnen lasse ich den Kopf in den Nacken sinken. Ihn in mir zu spüren ist fantastisch. Meine Muskeln schließen sich fest um ihn, heißen seine Härte willkommen. Gabriel, der sich bis zur Wurzel in mir versenkt, gibt ein raues Keuchen von sich. Während er in einem zügigen Tempo in mich zu pumpen beginnt, kratzen meine Fingernägel über die Tischplatte. Der Sex mit ihm ist noch besser, als ich ihn in Erinnerung hatte. Begierig dränge ich ihm mein Becken entgegen, lechze nach jedem seiner Stöße, die ein lustvolles Echo in meinem Inneren hervorrufen. Gabriel beugt sich vor, nimmt eine meiner harten Knospen in den Mund. Ich stöhne hemmungslos auf, als er seine Zähne in meine empfindliche Haut gräbt. Schauer reinster Lust durchrieseln meinen Körper. Wie von selbst heben sich meine Hände an seinen Rücken, spüren den Muskeln nach, die sich im Rhythmus seiner Stöße bewegen. Ich ahne, wie kräftig dieser Mann sein muss, und kratze über seine glatte Haut. Gabriels Lippen wandern an meinen Hals, knabbern, beißen und lecken sich empor zu meinem Mund. Als unsere Zungen einander begegnen, spüre ich, dass ich auf meinen Höhepunkt zusteuere. Begierig schlinge ich die Beine um seinen unteren Rücken, dränge mich ihm entgegen. Laut und ungeniert keuche ich in seinen Mund. Meine Hände wandern an seinen Hinterkopf, krallen sich in sein Haar.

„Ich will, dass du mir gehörst“, raunt er an meinen Lippen und schickt mich mit seinen Worten ins Nirwana. Wie ein Tsunami rollt der Orgasmus durch meinen Körper, reißt mich in eine Welt purer Ekstase. Mein Höhepunkt ist überwältigend und nimmt mich ganz und gar ein. Er vernebelt meine Sinne, weshalb ich meinen Lustschrei nur gedämpft wahrnehme. Und auch, dass Gabriel sich ein letztes Mal bis zum Anschlag in mir versenkt und erschauert, bekomme ich nur am Rande mit. Erst als er mich in seine Arme zieht und mir zärtlich das Haar aus der verschwitzten Stirn streicht, werde ich wieder klar im Kopf. Unsere Blicke finden sich erneut. Einen langen Moment sehen wir einander atemlos an, ehe er seine Lippen auf meine senkt und ich das zweite Mal an diesem Abend in seinen Armen schmelze.

15

Gabriel

„Das da muss es sein“, sage ich zu Malroy und weise ihn an, vor dem Gebäude mit dem eingestürzten Dach stehen zu bleiben. Es ist das zweite Mal seit dem Sturm, dass ich mich außerhalb des Hotels bewege. Zu sehen, wie Hillary meine geliebte Stadt verwüstet hat, ist auch heute wieder hart.

Den Kragen meines Mantels hochschlagend, gehe ich auf das Gebäude zu. Mit den dicken Mauern und hohen Fenstern erinnert es an eine Schule. Obwohl es verlassen wirkt, klopfe ich an der schweren Eingangstür. Keine Reaktion. Mein Blick wandert über die Fensterfront neben mir und die Mauer entlang.

Ist das da drüben ein Anbau?

Einem Trampelpfad folgend gehe ich um das Gebäude und stoße tatsächlich auf einen Anbau. Helles Kinderlachen dringt aus dem Inneren.

Hier muss es sein.

Da es keine Klingel gibt und auf mein Klopfen an der Tür niemand reagiert, trete ich kurzerhand ein. Weißes Geschirr, Edelstahlmöbel und ein Gasherd – die Küche, in der ich mich wiederfinde, erinnert an die des *Golden Lady*, nur in kleiner.

„Und es gibt keine andere Möglichkeit?", höre ich Kelbi fragen. Ihre Stimme weckt dieses Kribbeln in meinem Bauch, das mich schon den ganzen Vormittag überkommt, wenn ich an sie denke. Der gestrige Abend war unglaublich. *Sie* war unglaublich. Nach dem Sex hatten wir es uns vor dem Kamin einer der Suites mit einer Flasche Château de Beaucastel gemütlich gemacht. Wir haben uns über ihren Tag unterhalten. Als ich mitbekam, dass sie kaum was gegessen hatte, rief ich in meinem Lieblingsrestaurant, dem *La Petite,* an. Der Inhaber holte den Koch aus dem Feierabend, damit er uns zwei Portionen Coq au Vin zubereitete.

Leo, der gespürt haben muss, dass mir der Abend viel bedeutet, schlief tief und fest bis zum nächsten Morgen durch. Kelbi und ich hingegen unterhielten uns bis spät in die Nacht. Gegen drei Uhr morgens, nachdem wir vor dem prasselnden Kamin ein weiteres Mal miteinander geschlafen hatten, döste sie in meinen Armen ein. Heute Morgen wäre sie fast zu spät zur Arbeit gekommen. Sie meinte, sie hätte ein Meeting mit ihrem Boss und müsse später am Vormittag ins Waisenhaus für ein wichtiges Gespräch mit jemandem von der Stadt. Wir zwei haben uns für ein Uhr mittags verabredet. Wir wollen zusammen lunchen. Aber bis dahin ist es noch eine Stunde. So lange will ich nicht warten.

Es hat mich ganz schön erwischt, gestehe ich mir ein, gehe durch die Küche und spähe aus der offen stehenden Tür. Zusammen mit einer dunkelhaarigen Frau und einem schnauzbärtigen Mann, der ein Tablet in den Händen hält, steht Kelbi vor einem Matratzenlager, auf dem Kinder herumtollen. Zwischen ihren wundervollen blauen Augen gräbt sich eine Falte in die Stirn.

Sie wirkt wütend. Aber warum? Was ist los?

„Kommen Sie, Sadock, das kann unmöglich Ihr Ernst sein", sagt sie und verschränkt die Arme vor der Brust.

„Tut mir leid", sagt der Mann und verzieht die Lippen. „Ich wünschte, ich hätte bessere Nachrichten für Sie."

„Und wie stellen Sie sich das vor?" Die Dunkelhaarige breitet die Arme aus, deutet auf den Raum. „Sollen wir für immer im Speisesaal leben?"

„Natürlich nicht. Wir finden eine andere Lösung."

„Die da wäre?", lässt Kelbi nicht locker. „Zweihunderttausend reichen im Leben nie!"

Der Schnauzbärtige kratzt sich unbehaglich an der Stirn. „Dann werden Sie umziehen müssen."

„Umziehen? Etwa in diese Baracke am Stadtrand, ohne fließend Wasser und Strom?"

„Hören Sie, Leah, Sie sind nicht die Einzige, die auf die Hilfe der Stadt angewiesen ist. Unsere Kapazitäten sind beschränkt", erklärt der Mann und lässt sein Tablet in einer Umhängetasche verschwinden.

„Aber ein Umzug ist keine Option. Wir …“ Kelbi wird von einem weinenden Mädchen unterbrochen, das an ihrem Mantel zupft. Ohne mit der Wimper zu zucken, pausiert sie ihr Gespräch und sinkt vor dem Kind in die Hocke.

„Was ist denn los, Ramona?“

„Zachery hat gesagt, meine Eltern kommen nie wieder.“

Kelbis Blick schwenkt über den Kopf des Mädchens auf einen Jungen mit Pilzfrisur, der unschuldig die Hände hebt. „Was ist?!“, ruft er. „Ich hab nur die Wahrheit gesagt.“

Wärme breitet sich in meiner Brust aus, als ich beobachte, wie meine Hübsche die Tränen der Kleinen trocknet und sie auf die Arme nimmt.

Sie ist ein guter Mensch und … ich habe mich Hals über Kopf in sie verliebt.

Mir diese Tatsache einzugestehen, fühlt sich gut an. Es stimmt, ich habe mich in sie verliebt. Und wie!

Ramona klammert sich an Kelbi und schmiegt ihr Gesicht in deren Halsbeuge, als die das Gespräch fortführt.

„Bitte, Sadock“, sagt sie eindringlich. „Reden Sie noch einmal mit Ihrem Vorgesetzten. Es muss eine andere Möglichkeit geben.“

Der Mann seufzt, nickt dann aber. „Ich werde sehen, was sich machen lässt.“

„Danke.“

Sadock verabschiedet sich und kommt in meine Richtung. Leah, die ihm mit sorgenvoller Miene hinterhersieht, entdeckt mich. Überrascht hebt sie die Brauen und stößt Kelbi mit dem Ellenbogen in die Seite.

„Aua. Geht's noch?"

Die Dunkelhaarige flüstert etwas, woraufhin Kelbis Blick in meine Richtung springt. Genau in dem Moment, als Sadock mich erkennt, treffen unsere Augen aufeinander, und ich spüre, wie sich ein Lächeln auf meinem Gesicht ausbreitet. „Mr Nixon? Sind Sie es wirklich? Das ist ja ... Was machen Sie hier?", bombardiert mich der Mann mit Fragen.

„Worum ging es bei Ihrem Gespräch gerade?", stelle ich ihm eine Gegenfrage, ohne ihn anzusehen.

„Ich ... hähäm." Er räuspert sich, will offensichtlich nicht darüber sprechen.

„Worum?", wiederhole ich und verleihe meiner Stimme einen autoritären Klang.

„Um die Renovierung des Waisenhauses", antwortet er kleinlaut.

„Und weiter?"

Es klickt in seiner Kehle, als er schluckt. „Es stehen nur zweihunderttausend Dollar zur Verfügung."

Für ein Gebäude von dieser Größe? Kelbi hat recht, das reicht nie im Leben.

„Sosehr ich wünschte, es wäre anders, aber unsere finanziellen Mittel sind begrenzt und ..."

Eine Hand hebend schneide ich ihm mitten im Satz das Wort ab. „Danke, ich habe genug gehört."

Der Mann versucht sich weiter zu erklären, doch ich lasse ihn stehen und gehe auf die Frauen zu.

„Gabriel, hi!" Kelbi strahlt mich an und versteift sich kurz, als ich einen Finger unter ihr Kinn lege, es anhebe und sie küsse. „Was", sagt sie ein wenig atemlos, als ich von ihr ablasse. „Was machst du hier?" „Wir sind zum Lunch verabredet", erinnere ich sie, was eine Denkfalte zwischen ihren Brauen hervorruft. Sie wirft einen Blick auf ihre Armbanduhr.

„Du bist zu früh."

„Ist das so?" Ich lächle, kann ihr schlecht sagen, dass ich es nicht länger ausgehalten habe und sie wiedersehen musste. „Ich war in der Gegend und dachte, ich schau mal nach, ob du schon fertig bist." „Ist sie", mischt sich die Dunkelhaarige in unser Gespräch. Auf dem schmalen Gesicht ein Grinsen, das von einem Ohr zum anderen reicht, hält sie mir die Hand hin. „Leah Brown. Ich bin Kelbis beste Freundin und die Leiterin des St.-Marcus-Waisenh auses."

„Freut mich, Sie kennenzulernen, Miss Brown." „Sagen Sie bitte Leah, das machen alle hier." Sie zwinkert, und ich spüre direkt, dass ich mich mit dieser Frau gut verstehen werde.

„Also", sagt sie und nimmt Kelbi das Mädchen ab, das sie auf den Armen trägt. Die Kleine scheint wenig begeistert, lässt es aber zu. „Ihr zwei wolltet essen gehen? Dann mal los."

„Du kommst ohne mich klar?", versichert sich Kelbi bei ihrer Freundin und streichelt der Kleinen über den Kopf.

„Logo. Das Mittagessen bringe ich auch allein auf den Tisch, und wenn nicht, dann hilft mir Ramona, stimmts?"

Das Mädchen auf ihren Armen nickt schüchtern.

„Na siehst du. Wir schaffen das. Also los, ihr zwei, gönnt euch eine Pause."

„Okay. Sehen wir uns später?"

„Sicher."

Kelbi drückt Leah einen Kuss auf die Wange und ergreift die Hand, die ich ihr reiche.

Wir verabschieden uns und lassen uns von Malroy ins *La Petite* fahren. Der Laden ist eines der wenigen Restaurants der Stadt, in dem ich ungestört sein kann. Nach einem Gespräch mit Miguel, dem Inhaber, wurde ein Separee für mich angelegt. In genau dieses werden Kelbi und ich gebracht. Der Raum ist etwa vier Mal vier Meter groß und besitzt eine Kuppeldecke, von der ein prachtvoller Lüster hängt. Die Wände sind dunkel gehalten und stehen im Kontrast zu den beiden weißen Sesseln, die an einem Tisch aus afrikanischem Schwarzholz stehen. Eine Sonderanfertigung, auf die ich bestanden habe. Für gewöhnlich nutze ich das Separee, um mich mit Damenbesuch zurückzuziehen. Das scheint Kelbi zu ahnen, denn als sie mir gegenüber in ihren Sessel sinkt, sieht sie sich unbehaglich um.

Mit wie vielen Frauen er wohl schon hier war?, scheint ihr Blick zu fragen.

„Ist das wichtig?", sage ich. Die Röte, die ihr daraufhin in die Wangen kriecht, verrät, dass ich sie ertappt habe. *Was zählt, ist, dass du die Letzte sein wirst,* füge ich in Gedanken hinzu. Wenn ich bedenke, wie sehr sie meine Gefühlswelt in kurzer Zeit auf den Kopf gestellt hat, kann ich mir kaum vorstellen, dass ich mich je wieder auf eine andere Frau einlassen werde.

„W-wie bitte?"

Schmunzelnd schüttle ich den Kopf. „Nicht so wichtig."

Der Kellner kommt und wir geben unsere Bestellungen auf. Als er uns allein lässt, schlage ich die Beine übereinander, lege die Arme auf die Sessellehnen und schaue sie neugierig an.

„Was verbindet dich mit Leahs Waisenhaus?"

„Was meinst du?"

„Du wurdest wütend, als der Typ von der Stadt die zweihunderttausend Dollar angeboten hat. Warum?" „Weil es viel zu wenig ist." In ihren königsblauen Augen funkelt Zorn. „Wie sollen wir es schaffen, ein vierstöckiges Gebäude mit so wenig Geld zu renovieren?"

„Wir? Ich dachte, Leah leitet das Waisenhaus?"

„Das tut sie auch." Kelbi rollt unbehaglich eine Schulter und weicht meinem Blick aus.

„Raus damit. Was steckt dahinter? Warum liegt dir so viel an diesem Gebäude?"

Sie seufzt und sieht mich an. „Du hättest es früher oder später sowieso herausgefunden. Ich bin im St. Marcus aufgewachsen."

Und dann erzählt sie mir ihre Geschichte. Davon, wie ihre Eltern sie mit acht Jahren im Stich gelassen haben und abhauten. Wie sie ins Waisenhaus kam und Leah kennenlernte. Sie erzählt von ihrer Zeit im St. Marcus, von der damaligen Leiterin Miss Snow, die sie anfänglich gefürchtet, bald jedoch in ihr Herz geschlossen hatte. Sie liebt dieses Haus, weil es ihre Heimat ist.

Um zu verstehen, wie sie tickt, quetsche ich sie das ganze Essen über aus und begreife am Ende, was für ein fantastischer Mensch Kelbi Shipley ist. Obwohl oder gerade weil sie selbst eine verkorkste Kindheit hatte, will sie heute dafür sorgen, dass es anderen Kindern besser geht. Darum arbeitet sie für die Fürsorge. Weil sie so in Familien hineinsehen und falls nötig Kids aus schlimmen häuslichen Situationen retten kann. Was genau in ihrer Familie schieflief, darauf geht sie nicht ein, aber ich spüre, dass ihre Kindheit düster war und sie nicht darüber reden will. Darum bedränge ich sie nicht. Ich bin sicher, wenn die Zeit reif ist, wird sie mir davon erzählen.

„Gott, war das köstlich“, schwärmt sie und legt die goldene Kuchengabel beiseite. „Diese Gâteau Opéra war ausgezeichnet.“

„Freut mich, wenn es dir geschmeckt hat.“ Ich lange über den Tisch und nehme ihre Hand in meine. „Und was steht heute Nachmittag an?“, erkundige ich mich und spüre den Widerwillen in mir, sie gehen zu lassen. Am liebsten würde ich sie mit ins *Golden Lady* nehmen und mich mit ihr in einer der Suites einsperren.

„Einiges“, sagt sie mit einem Seufzen. „Da ist ein Geschwisterpaar, nach dem ich sehen muss, dann werde ich im Notfallquartier drüben in der Commonwealth Avenue nach dem Rechten sehen und … Oh, da fällt mir ein, Toni will mit mir die Anforderungsliste durchgehen. Das heißt, ich werde noch einen Abstecher in den *Nixon Tower* machen."

„Klingt nach jeder Menge Arbeit."

Sie verzieht die Lippen und zuckt die Achseln. „Es hilft nichts. Jemand muss sich darum kümmern."

„Und wenn du fertig bist, kommst du zu mir?" Zwar formuliere ich meine Worte wie eine Frage, lasse sie jedoch wie eine Feststellung klingen.

„Du meinst ins Hotel?" Kelbis Wangen werden rot. Ich wette, sie erinnert sich an gestern Abend, an den Sex auf meinem Bürotisch. Oder daran, wie sie ihre Beine um meinen Nacken geschlungen hat, als ich sie vor dem Kamin geleckt habe. Shit, die Erinnerung an ihre süße Pussy reicht aus, um mich hart werden zu lassen.

„Das würde ich gerne, aber ich bin schon verplant."

Eifersucht regt sich in mir. „Verplant, am Abend?"

„Ja. Die Kids im Waisenhaus stehen auf meine Erzählstimme. Darum lese ich ihnen einmal in der Woche Märchen vor und übernachte anschließend bei ihnen."

Das kann ich verstehen. Ich mag deine Stimme auch, besonders wenn du meinen Namen stöhnst.

Au, verdammt. Mein Schwanz drückt schmerzhaft gegen den Reißverschluss der Anzughose.

Nimm dich zusammen, Mann, schelte ich mich im Stillen und kämpfe gegen den Drang an, ihr zu befehlen, bei mir statt den Kindern zu schlafen. Nicht zu bekommen, was ich will, ist mehr als ungewohnt. Doch Kelbi zuliebe reiße ich mich am Riemen, denn ich will nicht riskieren, sie wegen meiner herrischen Art zu verlieren. „Gut, dann morgen", sage ich, greife nach ihrer Hand und hebe sie für einen Kuss an meine Lippen.

16

Kelbi

Nach einem langen Tag machen Leah und ich es uns mit einem Glas Rotwein in der Küche des Waisenhauses gemütlich. Es ist gleich neun, die meisten Kids schlafen bereits. Wie versprochen habe ich ihnen Märchen vorgelesen. Heute waren der Froschkönig und die Prinzessin auf der Erbse dran. Timmy sind die Augen zugefallen, kaum dass wir mit der Märchenstunde begonnen haben. Es ist zum Schreien komisch, welche Wirkung meine Stimme auf den kleinen Prinz Valium hat. Jedes Mal, wenn ich ihm vorlese, döst er binnen weniger Minuten ein.

Die meisten anderen Kinder sind im Laufe der ersten Geschichte eingeschlafen, nur Jerome und Suri haben bis zum Ende durchgehalten. Und natürlich Ramona. Keine Gutenachtgeschichte der Welt könnte sie zum Einschlafen bringen. Sie muss erst mit ihrem neuen Leben klarkommen. Beide Eltern auf einmal zu verlieren ist das Schlimmste, was einem Kind passieren kann … zumindest wenn sie, wie in Ramonas Fall, anständige Leute sind, die ihr Kind lieben.

Den Blick ins Leere gerichtet, schweife ich gedanklich in meine Kindheit ab, sehe mich am Küchentisch sitzen.

***

Dad telefoniert gerade mit Miss McKellen, meiner Lehrerin. Ich kann ihre Stimme hören. Sie sagt, dass ich ein Ausnahmetalent und auf dem Niveau einer Drittklässlerin bin. McKellen schlägt vor, mich eine Klasse überspringen zu lassen, was Dad wütend macht. Er ist dagegen und erklärt, dass ich ein ganz normales Mädchen wäre, weshalb ich auch ganz normal mit den anderen meines Alters zur Schule gehen würde. Er sagt, er will nicht, dass ich von meinen Freundinnen weggerissen werde. Später im Schlafzimmer höre ich ihn jedoch etwas anderes zu Mom sagen.

„Die spinnt doch, diese McKellen", schimpft er, „als ob die Göre schlauer wäre als wir." Er macht ein verächtliches Geräusch und Mom lacht.

„Diese Lehrer heutzutage", sagt sie abfällig. „Machen sich wichtiger, als sie sind. Kelbi und ein Ausnahmetalent. Pah, dass ich nicht lache. Das Kind bleibt schön in seiner Klasse!"

***

„Dann hattet ihr einen schönen Lunch? Du und dein Mr Bigboss?“, dringt die Stimme meiner Freundin zu mir durch. Mein Blick klärt sich und ich blinzle.

„Er heißt Gabriel“, verbessere ich sie, obwohl ich zugeben muss, dass ich den Spitznamen inzwischen irgendwie süß finde. „Und ja, wir hatten einen schönen Lunch.“ Wenn ich an ihn denke, muss ich unwillkürlich lächeln. Dass er wollte, dass ich bei ihm schlafe, hat mich gefreut. „Es war schön, mit ihm allein zu sein.“

„Hach ja“, seufzt Leah versonnen und legt das Gesicht in eine Hand.

„Was ist?“, frage ich stirnrunzelnd.

„Du bist verliebt.“

„Wie bitte?!“ Oje, das war entschieden zu laut. „So ein Unsinn. Ich kenne ihn doch kaum“, sage ich um eine angemessene Lautstärke bemüht.

„Ich weiß, das macht die Sache ja so spektakulär. Überleg mal, du bist normalerweise der Typ Mensch, der sich ewig Zeit lässt.“

Zugegeben, da ist was dran. Bei Dustin, meinem Ex-Freund, dauerte es ein halbes Jahr, bis ich mich auf ihn eingelassen habe. Sein Vorgänger Jimmy wartete fast genauso lange nur für einen Kuss.

Achselzuckend fahre ich mit der Spitze meines Mittelfingers über den Rand des Weinglases. „Das liegt daran, dass ich Zeit brauche, um zu vertrauen.“ Wen wunderts. Bei Eltern wie meinen. Da lernt man, vorsichtig zu sein und niemanden so schnell in sein Herz zu lassen.

„Stimmt. Und das ist auch dein gutes Recht. Interessant ist nur, dass du bei Gabriel anders bist. Weder forderst du deine übliche Kennenlernzeit ein, noch stellst du die Sache zwischen euch infrage."

Was ich bei meinen Ex-Freunden immer getan habe.

„Bei Dustin hast du dir von Anfang an eine Ausrede zurechtgelegt."

„Für den Fall, dass es mir zu eng wird oder ich es mir anders überlege." Ich nicke. „Du hast recht. Das zwischen Gabriel und mir ist wirklich anders."

„Es ist anders, weil es etwas Ernstes ist." Auf den Lippen ein wissendes Lächeln legt Leah eine Hand auf meine. „Gabriel Nixon könnte der Eine sein."

„Der Eine ... wie das klingt." Ich lache, spiele die Sache herunter, dabei ist mein Herz ihrer Meinung. Mein klingelndes Telefon unterbricht uns. Bevor es die Kids weckt, krame ich es hastig aus meiner Handtasche, die neben mir auf der Ablage liegt. Hitze flammt in meinem Bauch auf, als ich sehe, wer es ist.

„Wenn man vom Teufel spricht", sage ich zu meiner Freundin und hebe ab. „Gabriel, hi."

„Kelbi?"

Oh, er klingt aufgebracht. Und ist das Leo, der im Hintergrund schreit? „Bitte entschuldige, dass ich dich bei deiner Märchenstunde störe." „Kein Problem, wir sind schon fertig."

„Das trifft sich gut. Leo, na ja, er hat Fieber. Denkst du, du könntest herkommen und nach ihm sehen?"

„Oje, der arme Schatz.“ Mein erster Gedanke ist, dass Gabriel mit der Situation überfordert ist, weshalb ich mich um den Kleinen sorge. Doch dann fällt mir ein, dass er sich genauso gut an das Kindermädchen oder Mrs Adams hätte wenden können.

Ein Schmetterlingsschwarm erwacht in meinem Bauch.

Kann es sein, dass er mich vermisst?

„Natürlich kann ich kommen. Ich bin in zwanzig Minuten bei dir.“

„Ich danke dir, bis gleich.“ Er legt auf und Leah sieht mich neugierig an.

„Und?“ Ihre Brauen sind abwartend hochgedrückt.

„Ich muss zu ihm.“ Meine Antwort lässt ihre Brauen wie Rollos herabrasseln.

„Hey, ich dachte, du hättest ihm gesagt, dass wir heute einen Märchenabend haben.“

„Das habe ich.“ „Warum ruft er dann an?“

„Weil Leo Fieber hat.“

„Oh.“ Mitgefühl wischt den Groll von ihrem Gesicht.

„Ja, tut mir leid. Bist du böse, wenn ich gleich fahre? Gabriel klang besorgt.“ „Natürlich nicht.“

Ich stehe auf und schnappe mir meine Tasche. „Ich rufe dich an“, verspreche ich, drücke ihr einen Kuss auf die Wange und mache mich auf den Weg.

Auf der Fahrt zum Hotel kommt mir in den Sinn, dass Leo ziemlich sicher wieder zahnt. Darum besorge ich auf dem Weg eine Tube Zahngel gegen die Schmerzen.

Am *Nixon Hotel* angekommen, werde ich unten am Eingang von Brick abgefangen. Der Hüne begleitet mich wie gewohnt in den sechsten Stock. Er ist wortkarg und wirkt angespannt. Das ist ungewöhnlich.

Vor Leos Zimmer bleibt er stehen und klopft leise an. Im Raum ist nur ein Wimmern zu hören. Auch das ist ungewöhnlich. Ein ungutes Gefühl überkommt mich. Als der Security mich einlässt und mein Blick auf Gabriel fällt, der vor Leos Kinderbettchen steht, ist mir, als würde mir der Magen in die Kniekehlen rutschen. Ich begreife sofort, dass er mich nicht angerufen hat, weil er mich vermisst hat. Gabriel sieht fix und fertig aus. Tiefe Falten durchfurchen seine Stirn und seine Augen sind dunkel vor Sorge.

„Was ist passiert?" Mit wenigen großen Schritten durchquere ich den Raum.

„Er hat eine Weile geweint. Dann hat er Malroy vollgespuckt und seit einer Weile wimmert er nur noch so seltsam."

Mein Blick tastet über den Säugling, dessen Wangen feuerrot leuchten. Er wirkt matt.

„Hast du sein Fieber gemessen?", erkundige ich mich, werfe Handtasche und Mantel auf das Bett.

„38,8 Grad."

„Wann war das?"

„Vor etwa einer Stunde."

„Hast du ihm etwas von dem Schmerzmittel gegeben?"

„Das habe ich. Aber er hat es sofort wieder erbrochen."

Nicht gut. „Okay, dann schauen wir mal." Ich beuge mich über das Gitterbettchen. „Hey, mein Schatz." Vorsichtig schiebe ich meine Hände unter Leos Rücken und spüre durch den Strampler, den er trägt, dass sein Körper glüht.

Als ich ihn hochhebe, lässt er abgeschlagen die Arme und Beinchen hängen.

Das ist ein schlechtes Zeichen.

Mit dem Rücken meines Zeigefingers streichle ich über seine Wange. Sie glüht. Leos Augen glänzen fiebrig. Als er blinzelt, wirkt er wie benommen.

„Bring mir bitte den Fiebermesser“, weise ich Gabriel an, der zur Wickelkommode geht und holt, worum ich ihn bitte. Ich messe die Temperatur des Kleinen und schlucke, als ich die Zahl auf dem Display sehe.

„40,2 Grad“, lese ich laut vor, woraufhin Gabriel sich mit der flachen Hand über das Gesicht fährt.

„Das ist viel. Erst recht für ein Baby. Ich habe mich schlaugemacht.“

„Es ist hoch, ja“, stimme ich zu und versuche ruhig zu bleiben, obwohl mir das Herz bis zum Hals schlägt.

Ich hätte nicht erst das Zahngel besorgen, sondern direkt herfahren sollen, ärgere ich mich. Leo – der zu wimmern beginnt – auf meinen Armen wiegend, überlege ich, wie viel Fieber bei zahnenden Babys normal ist. Vielleicht 38, maximal 39 Grad? Wie war das bei Leahs Kids? Hat eines von ihnen deswegen mal auf über 40 Grad gefiebert? Gute Frage, ich weiß es nicht. Aber eines weiß ich genau: Ich muss etwas unternehmen. Sofort!

„Er braucht Medizin“, sage ich, gehe hinüber zur Wickelkommode und lege den Kleinen ab. In der Zwischenzeit holt Gabriel das Glasfläschchen mit dem fiebersenkenden Schmerzmittel. Mit der dazugehörigen Plastikspritze zieht er 20 ml der milchig weißen Flüssigkeit auf.

„Sei vorsichtig“, bittet er und reicht mir die Spritze. Sanft lege ich meinen Daumen auf Leos Kinn und öffne seinen Mund. Der Kleine lässt es ohne Widerstand geschehen. Dass er so platt ist, macht mir Sorgen. Und als er keinerlei Reaktion auf die Medizin zeigt, die ich in seinen Mund drücke, begreife ich, dass wir Hilfe brauchen.

„Er schluckt nicht“, sage ich zu Gabriel und spüre, wie meine Worte die in ihm brodelnde Angst an die Oberfläche bringen.

„Und jetzt?“ Gestresst fährt er sich durchs Haar. „Jetzt brauchen wir einen Krankenwagen.“ Und das rasch!

„Alles klar.“ Er zückt sein Telefon und tippt darauf herum. Gabriel ist kreidebleich, als er sich das Handy ans Ohr hält und im Zimmer auf und ab zu wandern beginnt.

„Dr. Bishop?“

Er ruft einen Arzt an? Stirnrunzelnd werfe ich einen Blick über die Schulter.

„Ich habe hier einen Notfall. Können Sie sofort herkommen?“

Bei dem Wort Notfall richten sich meine Nackenhaare auf. Es erinnert mich an meine Kindheit. Zum zweiten Mal an diesem Abend reise ich gedanklich in meine Vergangenheit.

***

Wie aus der Vogelperspektive sehe ich mein siebenjähriges Ich im Bett liegen. Mir geht es miserabel, ich bin unfähig, mich zu bewegen. Jeder meiner Atemzüge rasselt. Draußen im Flur steht Mom. Ich sehe sie durch die offen stehende Tür. Sie steht vor dem Haustelefon, hat den Hörer am Ohr. Zwischen Mittel- und Zeigefinger ihrer freien Hand steckt eine Kippe. Ihr Rauch schmerzt in meiner Brust. Ich muss husten. Es klingt komisch und tut weh. „Keine Ahnung, was das Gör hat", sagt sie und wirft mir einen Blick zu. „Sie wollen wissen, ob es ein Notfall ist?" Mom zieht an ihrem Glimmstängel, ehe sie sich mit den manikürten Fingern über die Stirn kratzt. „Woher soll ich das wissen? Sie liegt den ganzen Tag nur rum und spricht nicht. Nein, essen und trinken will sie auch nicht. Ob das Kind Fieber hat? Ich sagte doch, dass die Schulkrankenschwester sie deswegen nach Hause geschickt hat. Wie? Nein, das war gestern." Sie nickt und verdreht die Augen. „Kann ich nicht. Warum? Na, weil wir keinen Fiebermesser haben. Meinetwegen. Dann aber gleich. Ich bin in einer Stunde verabredet." Damit hängt sie den Hörer in die Angel und sieht mich an. Rot glimmt die Spitze ihrer Kippe, als sie daran zieht.

„Deine Lehrerin Miss McKellen macht sich Sorgen um deinen Gesundheitszustand", sagt sie mit theatralischer Stimme. Mom hasst die Frau. Sie nennt sie eine Klugscheißerin. „Sie hat ihre Schwester, eine Kinderärztin, überredet, nach dir zu sehen. Besser, du räumst dein Zimmer auf, ehe sie da ist. Sieht aus wie ein Schweinestall." Die Kippe zwischen den Zähnen langt sie nach dem Knauf und knallt meine Tür zu. „Notfall", höre ich sie im Flur sagen. „So ein Blödsinn."

***

„Ich danke Ihnen, dann bis gleich“, bringt mich Gabriels Stimme zurück in die Gegenwart. Den Blick noch immer auf Leo gesenkt, sehe ich, wie ihm die Medizin aus dem Mundwinkel läuft. Rasch schnappe ich mir ein Spucktuch und wische die milchige Substanz weg. Dabei fällt mir eine weißliche Stelle auf seiner Zunge auf. Erst denke ich, es ist ein Rest Medizin, doch als ich vorsichtig über die Stelle tupfe, bleibt der Fleck.

„Dr. Bishop ist der Leiter der Kinderabteilung des Krankenhauses“, informiert mich Gabriel, als er zu mir zurückkommt und besorgt über Leos Köpfchen streicht. „Er wird wissen, was zu tun ist.“

Zehn Minuten später trifft der Arzt ein. Und ja, Dr. Bishop – ein hochgewachsener, blonder Mann mit Nickelbrille – weiß, was er tut. Da Leos Fieber inzwischen auf 40,5 Grad gestiegen ist, verpasst er ihm sofort eine Infusion. Es war richtig, ihn anzurufen, erklärt er und sieht sich den Kleinen an. „Kein Zweifel. Er hat Mundfäule“, diagnostiziert der Arzt und wirft den Holzspachtel, mit dessen Hilfe er gerade einen Blick in Leos Mund geworfen hat, in den Mülleimer neben ihm. „Mundfäule?“, fragen Gabriel und ich gleichzeitig. Davon habe ich noch nie gehört. „Ja, das ist eine durch das Herpes-Virus ausgelöste Erkrankung der Mundschleimhaut.“ Prompt kommt mir das Kindermädchen, Michaela, in den Sinn. Hatte sie nicht eine Fieberblase?

Unfassbar, selbst jetzt noch, da Gabriel sie gefeuert hat, schadet sie dem Kleinen.

„Keine Sorge." Dr. Bishop schiebt mit dem abgewinkelten Zeigefinger die Brille auf seiner Nase zurecht. „Mundfäule kommt häufig bei Säuglingen vor. Die Krankheit ist im Grunde ungefährlich. Das heißt, sofern man das Fieber im Auge behält. Schauen Sie mal." Er tritt einen Schritt zur Seite, macht vor der Wickelkommode Platz, damit Gabriel und ich einen Blick auf Leos offenen Mund werfen können, auf welchen der Mann deutet. „Die weiße Stelle auf seiner Zunge."

„Sieht aus wie eine Blase", bemerke ich. „Das ist es auch. Von diesen Bläschen hat Leo an die zehn Stück im Mund. Leider sind sie sehr schmerzhaft."

„Das erklärt, warum er nicht trinken will", überlegt Gabriel laut.

„Und warum er die Medizin wieder ausgespuckt hat", füge ich hinzu.

„Orale Schmerzmittel sind bei Mundfäule nicht zu empfehlen. Ich lasse Ihnen Zäpfchen hier."

„Vielen Dank", sage ich, während Leo, der auf der Wickelkommode eingeschlafen ist, im Schlaf jammert und eine Schnute zieht.

„In sieben bis vierzehn Tagen dürfte der kleine Mann wieder auf dem Damm sein", meint der Kinderarzt und holt aus seiner Ärztetasche eine Packung Schmerz- und Fieberzäpfchen, die er Gabriel in die Hand drückt.

„Danke, Doc."

„Nicht dafür. Ich schlage vor, Sie legen ihn jetzt in sein Bettchen. Schlaf ist die beste Medizin."

Gabriel, der nur Augen für Leo hat, hebt den Jungen vorsichtig auf seine Arme. „Ich schaue dann morgen wieder vorbei. Und sollte noch etwas sein, einfach melden."

Den Blick auf das Baby gesenkt nickt Gabriel abwesend, während der Arzt seine Tasche schließt. „Vielen Dank, Dr. Bishop", sage ich, weil ich merke, dass Gabriel keinen Kopf für den Mann hat. „Kommen Sie, ich bringe Sie zur Tür." Damit begleite ich den Arzt nach unten, damit Gabriel und Leo einen Moment für sich allein haben.

17

Gabriel

„Hey, kleiner Kumpel“, sage ich und meine Stimme klingt rau wie ein Reibeisen. Meine Augen sind heiß und mein Herz ist schwer wie Blei. Wie er da in meinen Armen liegt, verletzlich und schlapp, das macht mich fertig. Ich würde alles tun, um ihm sein Leid abzunehmen. Ich wünschte, es gäbe eine Möglichkeit, die Krankheit auf mich zu nehmen. Doch die gibt es nicht; und kein Geld und kein Einfluss der Welt kann daran etwas ändern. Das ist schrecklich. Ich hasse es, mich hilflos zu fühlen.

„Sieben bis vierzehn Tage sagt der Doc“, erkläre ich dem Jungen, während ich zum Gitterbettchen gehe, um seine Wolldecke zu holen, in die ich ihn einwickle. Dann setze ich mich mit dem Kleinen in den Schaukelstuhl und wiege uns sanft vor und zurück. Einen langen Moment betrachte ich ihn. Er ist so winzig, so verletzlich ... und ganz allein.

„Ich verspreche dir, ich werde alles in meiner Macht Stehende tun, damit du so schnell wie möglich wieder auf dem Damm bist. Wenn du willst, nehme ich mir morgen sogar frei."

Als hätte Leo verstanden, was ich gesagt habe, zucken seine Mundwinkel im Schlaf nach oben. Es ist ein kurzer Impuls, der mir jedoch wie ein Zeichen vorkommt.

„Willst du das?", frage ich ihn. „Soll ich mir morgen frei und Zeit für dich nehmen?" Obwohl ich weiß, dass das Lächeln nicht echt, sondern ein Reflex war, hoffe ich darauf, dass er es wiederholt. Ich warte einen Augenblick, ehe ich sage: „Weißt du was, lass uns einen Deal machen. Ich pfeife morgen auf die Arbeit und im Gegenzug wirst du schnell wieder gesund. Was sagst du? Abgemacht?" Ich werte sein Lippenspitzen als ein Ja und schmunzle. „Darauf kannst du dir was einbilden, mein Freund." Sanft streiche ich ihm seinen blonden Haarflaum aus der Stirn. „Mein letzter freier Tag war vor zwei Jahren."

„Das kann ich mir vorstellen", lässt mich eine weiche Stimme aufblicken. Kelbi steht an der Tür, die Hände vor dem Schoß gefaltet. „Ein Imperium wie das deiner Familie zu leiten, muss anstrengend sein. Schätze, da sind freie Tage rar." Ein mitfühlendes Lächeln auf den Lippen kommt sie auf uns zu.

„Danke, dass du den Doc nach unten begleitet hast", sage ich, was sie den Kopf schütteln lässt.

„Das war doch selbstverständlich." Die Hände auf die Knie gestützt beugt sie sich über Leo. „Wie geht es dem kleinen Patienten?"

„Ich denke, das Fieber ist zurückgegangen. Er fühlt sich wieder normal an."

„Das ist gut." Wie ich zuvor streichelt sie zärtlich durch Leos Haar, ehe sie sich aufrichtet und ihre Sachen vom Bett holt.

„Was wird das? Gehst du schon wieder?"

„Ja. Ihr Zwei hattet genug Aufregung für einen Abend. Ihr braucht Ruhe."

Dem kann ich nicht widersprechen.

„Ich lasse mein Handy über Nacht auf laut. Du kannst mich jederzeit anrufen, wenn was ist."

Die Tasche über der Schulter, den Mantel überm Arm, beugt sich Kelbi zu mir. Ihre kühle Hand legt sich auf meine Wange, während sie mich aus ihren fantastischen blauen Augen ansieht.

„Wir sehen uns morgen", haucht sie und senkt ihre Lippen auf meine. Für die Länge unseres Kusses vergesse ich meine Sorgen. Keine Ahnung, wie sie das anstellt, aber Kelbi verdreht mir von Stunde zu Stunde mehr den Kopf. Ginge es Leo besser, würde ich sie nicht gehen lassen, sondern mir holen, wovon ich seit unserem Lunch träume.

„Bis dann", sage ich mit rauer Stimme, als sie sich aufrichtet.

Ihr Lächeln segelt auf direktem Weg in mein Herz. Sie geht zur Tür und ich sehe ihr hinterher. „Gute Nacht, ihr beiden. Schlaft gut."

„Gute Nacht."

Dann ist sie weg und ich senke den Blick auf Leo. „Jetzt sind wir auf uns allein gestellt, Kumpel." Das erinnert mich an unsere erste gemeinsame Nacht. Damals war ich verzweifelt, hatte keine Ahnung, wie man mit Babys umgeht. Heute ist Windeln wechseln, Fläschchen geben, Bäuerchen machen und, ja, sogar baden ein Klacks für mich. Hätte nie gedacht, dass ich so was mal von mir behaupten kann, aber hey, so ist es. Leos Mundfäule stellt mich vor eine neue Herausforderung. Doch auch die werde ich meistern.

Für ihn, denke ich im Stillen, *für diesen kleinen, einsamen Kämpfer. Weil er es verdient hat, beschützt und geliebt zu werden.*

Nachdem ich es nicht übers Herz bringe, Leo in sein Bettchen zu legen, schläft er die ganze Nacht auf meinen Armen. Er soll spüren, dass er nicht allein ist. Außerdem will ich sein Fieber im Auge behalten. Darum beobachte ich ihn die ganze Nacht. In den frühen Morgenstunden nicke ich ein. Edwina, die um halb acht das Zimmer betritt, weckt mich. Sie hat zwei bauchige Koffer bei sich, weil sie sich von nun an rund um die Uhr um den Kleinen kümmern wird. Weil ich ihn nicht aus der Hand geben will, erlaube ich ihr, sich im Zimmer nebenan einzurichten, und sage, dass ich sie rufen lasse, wenn ich sie brauche.

Wie versprochen mache ich den ganzen Tag blau und kümmere mich nur um Leo. Gegen Mittag schreibt mir Kelbi. Sie will wissen, wie es dem Kleinen geht. Ich antworte ihr, dass seine Temperatur seit der Infusion nicht mehr über 38,3 Grad gestiegen ist, was sie genauso freut wie mich. Ich schlage ihr vor, heute Abend bei mir zu schlafen. Edwina kann die Nachtschicht übernehmen. Kelbi schreibt, dass sie gerne kommt und sich auf mich freut. Wir verabreden uns um acht, weil sie es vorher nicht schafft.

Der Nachmittag verläuft ruhig. Leo und ich machen ein ausgiebiges Nickerchen im Schaukelstuhl. Es ist fast sechs, als wir von Mrs Adams geweckt werden.

„Mr Nixon, da sind Sie ja."

Wa ...Wäääähhhh!

„Jetzt haben Sie das Baby geweckt!", fahre ich sie an, stehe auf und wiege den Kleinen. Dabei steigt mir ein beißender Gestank in die Nase.

Uff. Da hat jemand in seine Windel gemacht.

„Sir!" Das Dekolleté übersät mit leuchtend roten Stressmalen kommt meine Assistentin zu uns ins Zimmer. „Ich versuche Sie schon den ganzen Nachmittag zu erreichen." Ihr vorwurfsvoller Ton lässt mich die Brauen heben. So spricht sie sonst nie mit mir. „Chao Industries", sagt sie und reicht mir einen Schwung Unterlagen.

„Was ist damit?"

„Es gibt ein Problem."

„Ein Problem?" Ohne es zu wollen, werde ich lauter. *Unfassbar, da nehme ich mir nur einen Tag frei und schon gibt es in der Firma Schwierigkeiten.*

„Es geht um das Tokio-Projekt. Das Grundstück, das Sie haben wollten, steht nun doch nicht zum Verkauf."

„Bitte WAS?!" Seit über einem Jahr arbeite ich an der Erweiterung unserer Hotelkette nach Japan und jetzt soll alles für die Katz gewesen sein?

„Wenn ich es richtig verstanden habe, steht das Gebäude auf besagtem Grundstück unter Denkmalschutz. Der Besitzer meint …“

Ohne der Frau weiter zuzuhören, gehe ich zum Gitterbettchen und lege das schreiende Baby hinein. „Hier, Kumpel“, sage ich und schmiege den Teddy an sein Gesicht. „Ich muss kurz in die Firma, aber ich bin bald zurück. Versprochen.“ Mit dem Finger streichle ich über seine Wange, ehe ich aus dem Raum laufe.

„Edwina!“, rufe ich im Flur. Brick, der neben meiner Zimmertür steht, sieht mich alarmiert an. Er checkt direkt, dass es Ärger gibt. „Ich brauche Malroy. Sofort!“, informiere ich ihn, woraufhin er über sein Headset Kontakt mit seinem Team aufnimmt. *Verdammter Mist, was für ein Chaos!*

Gestresst streiche ich mir über den Bart, versuche runterzukommen, was schwer ist. Ich habe kaum geschlafen und mich den ganzen Tag um ein krankes Kind gekümmert. Dementsprechend dünn sind meine Nerven. Plötzlich wird mir alles zu viel.

Ich muss hier raus, bevor mir die Decke auf den Kopf fällt. „Edwina!“, rufe ich erneut, woraufhin die Tür des angrenzenden Zimmers aufgerissen wird. „Sir?“ Erschrocken hastet die Grauhaarige in den Flur.

„Ich brauche Sie. Leo ist krank, er hat Mundfäule. Ich will, dass Sie seine Temperatur im Auge behalten. Sollte sie auf über 38,5 Grad steigen, müssen Sie ihm ein Zäpfchen geben. Die Packung liegt auf der Wickelkommode neben dem Fiebermesser. Ich werde nicht lange weg sein. Sollten

Sie mich brauchen, ich bin jederzeit auf dem Handy erreichbar." Auf diese Ansage hin laufe ich das Treppenhaus hinab und durch die Lobby. Vor dem Hotel wartet Malroy, der mich zum *Nixon Tower* fährt. Dort ist wie üblich um diese Uhrzeit kaum was los. Zum Glück, denn das Letzte, was ich gerade brauche, sind Sekretärinnen oder Buchhalter mit irgendwelchen Fragen.

Ich nehme den Lift in den zwölften Stock. Auf der Fahrt hierher bin ich die Dokumente, die Mrs Adams mitgebracht hat, durchgegangen. Wie es aussieht, steht das Projekt in Tokio auf Messers Schneide. Wenn ich nicht rasch handle, ist all meine Arbeit umsonst gewesen.

Die Lifttüren fahren auseinander und ich eile nach links. Mit einem Ruck stoße ich die deckenhohe Tür meines Büros auf und stürme auf den Schreibtisch zu. Nach all dem, was in den letzten Tagen passiert ist, fühlt sich der Raum seltsam und wie aus einem anderen Leben an. Die Gemälde mit abstrakter Kunst an den Wänden, die exklusiven Loungemöbel und der Schreibtisch aus afrikanischem Schwarzholz vor der riesigen Fensterfront. Das alles scheint mir fremd. Selbst das leise Surren meines Computers – das mir nach den unzähligen Stunden, in denen ich an ihm gearbeitet habe, vertraut sein sollte – klingt ungewohnt. Während der Rechner hochfährt, werfe ich einen Blick aus dem Fenster. Die Aussicht ist atemberaubend. Boston liegt wie ein verschneites Winterwunderland, mit goldenen Lichtsprenkeln, unter mir. Ich nehme mir einen Moment, versuche beim Anblick meiner geliebten Heimatstadt zu entspannen, bevor ich mich in meinen Sessel setze und das E-Mail-Programm hochfahre.

„Das gibt's doch nicht", murmle ich. Dutzende Nachrichten kommen herein. Acht davon sind von Peng Chao, meinem Geschäftspartner, der für die Erweiterung unsere Hotelkette in Tokio zuständig ist. Ich öffne seine letzte.

Betreff: Bauträger
Mr Nixon,
Die Sache ist drauf und dran, aus dem Ruder zu laufen!
Wir brauchen Sie hier!
Peng Chao

Mit gekräuselter Stirn überfliege ich seine Zeilen zweimal, kann kaum glauben, dass die Mail von Chao sein soll. Für gewöhnlich drückt sich der Mann deutlich gewählter und respektvoller aus. Es muss wirklich der Hut brennen, wenn er mir so eine Nachricht schreibt. Höchste Zeit, die Sache selbst in die Hand zu nehmen. Mit einem Blick auf die Bildschirmuhr – es ist kurz nach sieben – greife ich nach dem Telefon und rufe in Tokio an.

18

Kelbi

Das gibt's nicht, da lässt der Kerl mich doch tatsächlich sitzen, ärgere ich mich im Stillen. Die Arme vor der Brust verschränkt, stehe ich vor dem Fenster in Leos Zimmer und schaue auf die Straße unter mir. *Da stresse ich mich den ganzen Tag, um rechtzeitig fertig zu werden und mich für Gabriel aufzuhübschen, und dann ist er nicht hier, wenn ich komme.*

Zum gefühlt hundertsten Mal fällt mein Blick auf die Armbanduhr an meinem Handgelenk. *Halb zehn. Okay, das reicht. Ich habe lange genug gewartet.*

Enttäuscht drehe ich mich zu Edwina um, die mit einem Agatha-Christie-Krimi im Schaukelstuhl neben dem Gitterbettchen sitzt.

„Ist alles in Ordnung, Schätzchen?" Ihr bedauernder Gesichtsausdruck macht die Sache nicht besser.

„Sicher", gebe ich mich locker und gehe zum Bett, um meine Sachen zu holen.

„Mr Nixon ist bestimmt jeden Augenblick zurück. Er meinte, er würde nicht lange wegbleiben."

Mag sein, aber ich warte keine Minute länger. Wenn er wenigstens den Anstand hätte, Bescheid zu sagen – eine WhatsApp hätte gereicht. Aber nein, er lässt mich einfach sitzen und ignoriert meine Anrufe. So nicht, nicht mit mir!

„Soll ich ihm ausrichten, dass Sie hier waren?"

„Ja, bitte. Sagen Sie Gabriel, er braucht mich nicht zurückzurufen. Ich melde mich im Laufe der nächsten Tage." *Das heißt, sofern meine Wut verraucht und ich entscheide, ihm noch eine Chance zu geben.*

Mit einem Gesichtsausdruck, der ihr Mitleid verrät, nickt die Frau.

„Also dann." Ich trete neben sie und werfe einen Blick in das Gitterbettchen. Leo schläft friedlich. Gott sei Dank scheint er das Schlimmste überstanden zu haben. Sein Fieber hat sich bei 38,3 Grad eingependelt, was gut ist. Nur das mit dem Trinken funktioniert noch nicht. Edwina und ich haben vorhin abwechselnd versucht, ihm sein Fläschchen zu geben. Mit Müh und Not hat er ein Drittel davon getrunken. Das liegt an diesen blöden Blasen. Hoffentlich heilen sie rasch ab.

„Gute Nacht, kleiner Kämpfer", flüstere ich und streichle zärtlich über die Wange des Babys. Die Wärme, die sich bei seinem Anblick in meiner Brust einnistet, ist nicht gut. Von Tag zu Tag schleicht sich der Junge mehr in mein Herz.

„Gute Nacht, Mrs Smith", verabschiede ich mich von dem Kindermädchen.

„Gute Nacht, Miss Shipley."

Enttäuscht über den Verlauf des Abends verlasse ich das Zimmer und verabschiede mich von dem Security, der davorsteht. Es ist nicht Brick. Schätze, er hat seinen Boss begleitet – wo auch immer der hin ist. Im Treppenhaus angekommen, höre ich rasche Schritte.

Ob das Gabriel ist?

Mein Herz legt einen Zahn zu und hüpft vor Aufregung, als ich ein Stockwerk tiefer tatsächlich auf ihn treffe.

„Kelbi!“ Außer Atem bleibt er eine Stufe unter mir stehen und sieht mich schuldbewusst an. „Entschuldige, dass ich dich habe warten lassen.“

„Anderthalb Stunden.“ Wütend verschränke ich die Arme vor der Brust.

„Es tut mir leid. Wirklich.“

„Du hättest wenigstens anrufen und Bescheid sagen können.“

„Du hast recht, aber ich habe die Zeit aus den Augen verloren.“

Was für eine lahme Ausrede.

Augenverdrehend will ich an ihm vorbei, doch er hält mich am Arm zurück. „Warte. Ich verstehe, dass du wütend bist, aber es gab in der Firma einen Notfall.“

„Notfälle hatte ich heute auch. Wenn du es wissen willst, sogar zwei. Aber ich hab dich trotzdem nicht versetzt.“ Seinem Blick ausweichend mache ich mich los und gehe weiter. Er soll nicht sehen, wie enttäuscht ich bin.

„Kelbi, bitte.“ Mit wenigen Schritten hat er mich überholt und stellt sich mir in den Weg. „Es gibt keine Entschuldigung dafür, dass ich die Zeit aus den Augen verloren und dich nicht angerufen habe.“ Gestresst fährt er sich mit der Hand durchs Haar. „Es ist nur, ich war den ganzen Tag bei Leo und habe nicht mitbekommen, was in der Firma vor sich geht. Ich bin drauf und dran, ein Projekt, an dem ich über ein Jahr gearbeitet habe, in den Sand zu setzen.“ Sein gequälter Gesichtsausdruck verrät, dass ihm viel daran liegt.

„Wenn ich dieses Projekt in die Binsen gehen lasse, kostet das Hunderte Mitarbeiter ihren Job. Das kann ich nicht zulassen.“

Die Erkenntnis, dass es ihm nicht um die Firma, sondern in erster Linie um die Menschen geht, die durch seinen Fehler Schaden erleiden, lässt mich einlenken. Gabriel ist ein anständiger Mensch, er hat ein gutes Herz.

„In Ordnung.“

„In Ordnung?“ Seine Augen werden groß. „Du verzeihst mir?“

„Ich verzeihe dir.“

Lächelnd nimmt er mein Gesicht in seine Hände und küsst mich. Seine Lippen auf meinen zu spüren, entschädigt den verlorenen Abend. Seine Nähe lässt Schmetterlinge durch meinen Bauch tanzen. Als Gabriel sich von mir löst, erwacht zwischen seinen wunderschönen Augen eine Falte.

„Was ist?“, frage ich.

„Es gibt da etwas, worum ich dich bitten möchte.“

„Und das wäre?“

„Bei dem besagten Projekt handelt es sich um eine Expansion nach Tokio. Leider kann ich die Angelegenheit nur vor Ort klären. Deshalb fliege ich morgen früh nach Japan und möchte dich bitten, in der Zeit auf Leo aufzupassen."

Mir wird siedend heiß. „Ich?" Mit dem Finger tippe ich gegen meine Brust und weiche einen Schritt zurück.

„Natürlich würde sich Edwina tagsüber um den Kleinen kümmern, aber in der Nacht wäre es mir lieber, wenn du bei ihm schläfst. Ich vertraue dir wie niemandem sonst."

Panik erfasst mich.

Ich soll allein bei Leo schlafen? Das geht nicht!

„Was ist los?" Gabriel runzelt die Stirn. „Wenn du nicht hier sein möchtest, kannst du den Jungen auch mit nach Hause nehmen. Das ist kein Problem. Malroy kann sein Gitterbettchen zu dir bringen."

Er soll zu mir kommen?! Das ist ja noch schlimmer! Keine Kinder in meiner Wohnung, das ist die oberste Regel!

Hitze jagt durch meinen Körper. Plötzlich wird mir alles zu viel. „Nein, das geht nicht." Von meiner inneren Panik getrieben, laufe ich um Gabriel herum und die Treppe hinab.

„Kelbi?", höre ich ihn mir verwirrt hinterherrufen, doch ich antworte nicht, sondern hetze weiter. „Kelbi!" Gabriels Schritte hallen durch das Treppenhaus. Er folgt mir.

Verdammt!

Ich lege einen Zahn zu, doch in der Lobby holt er mich ein und stellt sich mir in den Weg.

„Was soll denn das?", fragt er verständnislos. „Was ist mit dir? Ich dachte, du magst Leo."

„Das ist ja das Problem! Ich mag ihn viel zu sehr und dich auch!", platzt es aus mir heraus. *Lieber Himmel, habe ich das gerade laut gesagt?!*

Gabriels Brauen heben sich überrascht und auf seinen Gesichtszügen erwacht ein erfreuter Ausdruck. „Aber wo liegt dann das Problem?"

„Ich ... Das verstehst du nicht."

„Dann erklär es mir."

Was soll ich ihm erklären, dass ich mir geschworen habe, keine Kinder bei mir aufzunehmen? Weil ich Angst habe, kein guter Umgang zu sein? Nein, keine Chance. Das würde er nicht verstehen. Wie sollte er auch, wo mich noch nicht einmal meine beste Freundin versteht.

Plötzlich wird mein Herz schwer wie ein Stein und ich ertrage seinen Blick nicht länger.

„Tut mir leid", sage ich deshalb. „Du musst jemand anderen für Leo finden." Damit laufe ich um ihn herum und sehe zu, dass ich wegkomme.

19

Gabriel

Achtzehn Stunden später befinde ich mich in Tokio und sitze im Meeting mit Peng Chao und seinen Leuten. Die Ellenbogen auf den Stuhllehnen, die Fingerspitzen aneinandergelegt, betrachte ich meinen Geschäftspartner, der mir händeringend zu erklären versucht, was schiefgelaufen ist. Schweiß glänzt auf seiner Stirn, als er endet und sich ein halbes Dutzend Augenpaare auf mich richten. Ich hole hörbar durch die Nase Luft, lasse mir Zeit, ehe ich eine Hand auf die Unterlagenmappe vor mir senke.

„Verstehe ich das richtig, der Vertrag wurde nicht unterzeichnet, weil der Besitzer des Geländes der Meinung ist, dass das Gebäude, das darauf steht, denkmalgeschützt ist?" „Hai ... ich meine ja, Sir", stammelt Chao in seinem gebrochenen Englisch.

„Sagten Sie nicht, es wäre alles geklärt?" Meine Stimme ist gefährlich tief. Wenn es für Ausländer wie mich nicht praktisch unmöglich wäre, an einen Baugrund in Tokio zu kommen, würde ich die ganze Chose hier abblasen. Denn wenn ich etwas auf den Tod nicht ausstehen kann, dann ist das Inkompetenz.

„Das war es, Sir, wirklich."

„Und wie kann es dann sein, dass wir drei Monate vor Baubeginn grundstücklos dastehen?! Sie hätten wissen müssen, dass das Gebäude unter Denkmalschutz steht." Meine Faust donnert auf den Tisch.

„Aber das tut es nicht", kommt es von einem der anderen Männer. Mein Blick richtet sich auf den Brillenträger mit Seitenscheitel. „Also ... ich, ähm, bin mitverantwortlich für den Fehler. Ich habe das Grundstück gefunden und mich um alles Nötige gekümmert." Der Mann senkt sein Haupt. „Und Sie sind?"

„Takeru, Sir. Mein Name ist Takeru Hon." „Dann erklären Sie mir, Mr Hon, wie Ihnen ein solch gravierender Fehler unterlaufen konnte."

„Um ehrlich zu sein, Mr Nixon, halte ich das Ganze für eine Taktik. Zum Zeitpunkt des Verkaufs stand das Gebäude nicht unter Denkmalschutz. Dafür bürge ich mit meinem Namen. Mr Matsu, also der Verkäufer, ist bekannt für seine politischen Verbindungen. Wenn Sie mich fragen, hat der Mann seine Kontakte genutzt und bei jemandem aus den oberen Reihen einen Gefallen eingefordert."

Mir dämmert, worauf er hinauswill. „Sie denken, er hat das Gebäude umwidmen lassen, um den Preis in die Höhe zu treiben?"

Hon nickt, während die Männer um uns herum ungläubig zu murmeln beginnen.

„In Ordnung", sage ich und weise sie an, den Brillenträger und mich allein zu lassen. Wie es aussieht, ist er der einzig Zuverlässige in diesem Raum.

„Was haben Sie jetzt vor, Sir?", will er wissen, als wir allein sind.

„Jetzt", antworte ich und schlage die Mappe vor mir auf, „hole ich mir mein Grundstück zurück. Los, rufen Sie diesen Matsu an. Wir klären die Sache auf der Stelle."

Eine Stunde später treffen wir uns mit dem Verkäufer. Hon hatte recht, der Typ ist ein ausgefuchstes Schlitzohr. Es war von Anfang an sein Plan, mich auszuquetschen wie eine Zitrone. Wäre ich nicht von Leo und Kelbi abgelenkt gewesen, hätte ich es vielleicht kommen sehen. So jedoch kostet mich die Sache – neben dem vereinbarten Kaufpreis – eine achtstellige Summe sauber verdienter US-Dollar. Diese überweise ich Matsu, sobald er den Vertrag unterzeichnet hat und endgültig alles in trockenen Tüchern ist.

Apropos Kelbi und Leo, ich muss immerzu an die beiden denken. Über den Gesundheitszustand des Kleinen hält mich Edwina auf dem Laufenden. Sie schreibt mir stündlich, wie es ihm geht und wie hoch sein Fieber ist. 38,2 Grad war die höchste Temperatur, seit ich die Staaten verlassen habe. Wie es aussieht, ist mein kleiner Kumpel über den Berg. Um ihn brauche ich mir folglich keine Sorgen zu machen. Dafür zerbreche ich mir wegen Kelbi den Kopf. Ihre Reaktion im Treppenhaus und in der Lobby kann ich mir nicht erklären. Auf der einen Seite eröffnet sie mir ihre Gefühle, auf der anderen läuft sie davon, ohne zu erklären, was los ist. Über den Tag verteilt versuche ich sie immer wieder zu erreichen, doch sie geht nicht an ihr Telefon. Das lässt mir keine Ruhe, deshalb fliege ich direkt nach der Vertragsunterzeichnung zurück nach Boston. Trotz fiesem Jetlag lasse ich mich von Malroy abholen und zu Kelbis Wohnung fahren. Die liegt am Stadtrand, im ersten Stock eines renovierten Backsteingebäudes.

Es ist halb zehn abends, als ich an ihre Tür klopfe. Erst denke ich, sie könnte noch aus sein oder bereits schlafen, doch dann höre ich Schritte im Inneren. Kurz darauf öffnet sie und mir bleibt die Spucke weg. Kelbi steht in nichts als einem weißen T-Shirt, unter welchem sich ihre steifen Brustwarzen abzeichnen, und einem hautfarbenen Slip vor mir. Sie muss gerade aus der Dusche kommen, denn auf ihrem Kopf sitzt ein Handtuchturban. Ihr Anblick nimmt mich gefangen. Ich bin unfähig, meine Augen von ihren nackten Beinen zu lösen.

„Gabriel", sagt sie erschrocken. „Was willst du hier?"

„Eine Erklärung", antworte ich, drücke die Tür auf und trete ungefragt ein.

„Was soll das?! Du kannst hier nicht einfach reinschneien, wie es dir passt." Sie stemmt die Hände in die Hüften, woraufhin sich ihre Nippel noch deutlicher unter dem T-Shirt abzeichnen.

Fuck!

„Ich will, dass du mir erzählst, was los ist. Warum bist du davongelaufen?"

„Ich sagte doch, das verstehst du nicht." Ihre vor Wut funkelnden Augen halten meinem Blick stand.

„Dann hilf mir, es zu verstehen!" Meine Stimme ist lauter als beabsichtigt, was zeigt, wie nahe mir die Sache geht. Seufzend fahre ich mir mit der Hand durchs Haar. „Hör mal", versuche ich es in sanfterem Ton. „Du kannst mir nicht sagen, dass du Leo und mich magst, und dann einfach abhauen."

Kelbi dreht den Kopf, weicht meinem Blick aus.

„Das ist nicht fair." Ich strecke eine Hand nach ihr aus. „Insbesondere, weil du mir keine Chance gelassen hast, dir zu sagen, dass ich genauso empfinde."

Meine Worte lassen sie überrascht blinzeln. Sie sieht auf meine Hand, die sie zögerlich ergreift, ehe sie durch ihre langen Wimpern zu mir aufblickt.

„Ich mag dich, Kelbi." Ein schiefes Lächeln überzieht meine Lippen und ich zucke mit den Schultern. „Mehr, als vermutlich gut für mich ist. Aber so ist es", gebe ich zu. „Du hast mein Leben auf den Kopf gestellt. Es gibt nichts und niemanden, an den ich häufiger denke als an dich. Nicht einmal Leo. Und das will was heißen."

Sie lacht und schüttelt den Kopf.

„Hey." Sanft umfange ich mit den Fingern ihr Kinn und hebe es an. Unsere Blicke begegnen einander. Ein Kribbeln erwacht in meinem Bauch. „Du und ich, das ist etwas Besonderes. Ich weiß, dass du es auch spürst."

Statt zu antworten beißt sie sich auf die Lippe und nickt.

„Bitte erzähl mir, was los war."

Sie seufzt ergeben. „Na schön, dann komm."

Kelbi führt mich in ihr Wohnzimmer. Ein freundlicher, heller Raum mit jeder Menge Pflanzen und Bildern von

Leah und ihr. Sie organisiert uns ein Glas Rotwein – nichts Spektakuläres, aber man kann ihn trinken – und setzt sich dann mit mir auf die Couch.

„Fang einfach am Anfang an", sage ich, als ich ihre Unsicherheit spüre.

„Okay." Sie nimmt das Handtuch vom Kopf, wirft es auf den Beistelltisch und wuschelt sich durch ihre Locken. Mit den feuchten Haaren sieht sie noch attraktiver aus. Ich muss an mich halten, sie nicht an mich zu ziehen und zu küssen, denn dann würde mir ihre Geschichte entgehen.

„Wie du weißt", beginnt sie und zieht die Füße unter, „bin ich mit acht Jahren ins Waisenhaus gekommen."

„Ja, weil deine Eltern dich im Stich gelassen haben." Mehr hat sie mir damals im *La Petite* nicht erzählt.

Kelbi nickt, während um ihre Mundwinkel ein harter Zug erwacht. „Meine Eltern waren Narzissten."

„Das sind heutzutage leider viele."

„Das stimmt. Auf dieser Welt gibt es viele selbstverliebte, geltungsbedürftige Menschen, die wegen Kleinigkeiten gekränkt sind. Aber von denen spreche ich nicht. Ich rede von echten, krankhaften Narzissten. Menschen mit Persönlichkeitsstörungen."

Sie schluckt, hat Mühe, weiterzureden. Ich lasse ihr Zeit, dränge sie nicht. Den Blick auf ihr Weinglas gesenkt, erzählt sie schließlich weiter.

„Bis zu meinem achten Lebensjahr war meine Kindheit eine Katastrophe. Ich war mir praktisch selbst überlassen. Liebe und Geborgenheit waren Fremdwörter für mich."

Kann ich mir vorstellen bei psychisch gestörten Eltern.

„Aber das war okay. Schließlich kannte ich es nicht anders." Sie lächelt traurig. „Auf mich allein gestellt zu sein hatte auch sein Gutes. Ich habe früh gelernt, für mich selbst einzustehen, und auch, wie man sich durchs Leben boxt."

„Kein Kind sollte sich allein durchs Leben boxen müssen. Was genau ist damals passiert? Du sagtest, deine Eltern haben dich im Stich gelassen?"

Wieder nickt sie. „Rückwirkend betrachtet hätten sie mir kein größeres Geschenk machen können. Aber für das kleine Mädchen von damals war es schrecklich, verlassen zu werden. Alles begann kurz vor meinem achten Geburtstag. Mom hatte sich von mir breittreten lassen, eine Party für mich zu schmeißen. Es war das erste Mal, dass es mir gelungen war, sie zu überreden. Sie hatte mir versprochen, mich nach dem Nachmittagsunterricht von der Schule abzuholen und mit mir in die Mall zu fahren, um alles Nötige einzukaufen."

„Lass mich raten, sie hat dich hängen lassen?"

„Richtig. Ich hatte bei Minusgraden drei Stunden lang vergeblich in der Kälte auf sie gewartet – ohne Handschuhe und ohne Mütze." Kelbi zuckt die Schultern. „Was soll ich sagen, ich war ein Kind und wollte die Hoffnung nicht aufgeben. Als es dunkel wurde, gab ich schließlich auf und lief die zwei Meilen nach Hause. In der Zwischenzeit hatte es angefangen, heftig zu schneien, und so war ich, bis ich daheim war, bis auf die Unterhose durchnässt. In dieser Nacht bekam ich hohes Fieber, was meinen Eltern nicht auffiel. Dafür am nächsten Tag meiner Klassenlehrerin Miss McKellen. Sie hatte sofort erkannt, dass es mir schlecht ging, und mich zur Schulkrankenschwester geschickt. Zu der Zeit hatte ich bereits über 40 Grad Fieber. Ich wurde nach Hause gebracht, was meinem Dad, der eine Pokerrunde schmiss, gar nicht gefiel. Er schickte mich auf mein Zimmer und meinte, dass ich ihn nicht stören soll."

Was für ein Arschloch. Meine Hände, die locker auf meinen Schenkeln ruhen, ballen sich zu Fäusten.

„Fertig wie ich war, fiel ich in mein Bett und schlief auf der Stelle ein. Während ich schlief, musste mein Fieber weiter gestiegen sein, denn als ich erwachte, ging es mir schlechter denn zuvor. Ich erinnere mich, Halluzinationen von der Deckenlampe gehabt zu haben. Ich hielt sie für ein Ungeheuer, das jeden Moment auf mich herabstürzen würde. Und meine Zunge – die wie eine ausgetrocknete Schlange an meinem Gaumen klebte – hielt ich für einen Knebel. Ich weiß noch, dass ich großen Durst hatte, aber ich hatte zu wenig Kraft, um aufzustehen. Und so lag ich den ganzen nächsten Tag hilflos in meinem Bett. Keiner meiner Eltern wäre auf die Idee gekommen, nach mir zu sehen. Erst als die Schwester meiner Lehrerin anrief, sie war Kinderärztin, fand meine Mutter Beachtung für mich … wenn auch nur für einen Moment. Kurz bevor die Ärztin eintraf, erlitt ich einen Fieberkrampf. Von da an herrscht Dunkelheit in meinen Erinnerungen. Das Nächste, woran ich mich erinnere, ist das Krankenhauszimmer, in dem ich aus einem künstlichen Koma erwachte …"

„Augenblick, du lagst im Koma?" Der Zorn auf ihre Erzeuger – das Wort Eltern haben diese Menschen nicht verdient –, der in mir brodelt, kocht über.

„Ja, drei Tage lang. Es hatten wohl irgendwelche Werte nicht gestimmt. Was genau darfst du mich nicht fragen. Es ist eine Ewigkeit her. Jedenfalls hatten es meine Eltern damals nicht geschafft, nach mir zu sehen. Darum rief sie der Leiter der Kinderstation an. Dr. Justus war sein Name, das weiß ich noch genau. Und ich erinnere mich, wie er die beiden vor meinem Zimmer zur Schnecke machte. Ich habe jedes Wort gehört und konnte alles durch die Glasscheibe in der Tür beobachten. Dr. Justus hat ihnen erklärt, dass ich beinahe gestorben wäre, und nannte sie Rabeneltern."

Womit er sich ohne Frage zurückgehalten hat, denke ich zähneknirschend und hätte auf der Stelle eine Wagenladung an Schimpfwörtern für diese elenden Narzissten parat.

„Die drei fingen an zu streiten, weil meine Eltern die Schuld bei mir und nicht bei sich sahen. Mom meinte, ich hätte mir meine Lungenentzündung selbst zuzuschreiben, weil ich so dumm gewesen wäre, im Schnee nach Hause zu laufen." Erneut zuckt Kelbi die Schultern, als wäre das, was sie erzählt, nichts Besonderes. „Typisch Narzissten", meint sie. „Jeder andere hat Schuld, bloß sie nicht."

Ich könnte kotzen.

„Als der Arzt drohte, ihnen die Fürsorge an den Hals zu hetzen, wurde es ihnen zu viel. Ohne auch nur einen Blick in mein Zimmer zu werfen, haben sie den Mann stehen lassen und sind auf und davon. Es war das letzte Mal, dass ich sie sah.“

Unfassbar!

Den Blick auf ihr Weinglas gesenkt, schließt sie die Augen. Tränen tropfen auf ihre Hände.

„Ich habe geforscht und nachgelesen, dass narzisstische Persönlichkeitsstörungen vererbbar sind“, erklärt sie mit leiser, brüchiger Stimme. „Weil ich weiß, dass in mir diese Krankheit schlummern könnte, habe ich mir geschworen, weder eigene Kinder zu bekommen noch welche zu adoptieren.“

„Wolltest du dich deshalb nicht um Leo kümmern?“

Die Lippen zusammengepresst nickt sie. „Ich habe den Kleinen schon viel zu sehr in mein Herz geschlossen. Aber das darf ich nicht. Verstehst du, Gabriel?“ Sie hebt den Kopf und sieht mich aus tränenverhangenen Augen an. „Ich darf ihn nicht noch näher an mich ranlassen. Das wäre nicht gut für ihn.“

Das reicht. Ich nehme ihr das Weinglas ab und stelle es zusammen mit meinem auf den Couchtisch. Dann nehme ich ihre Hände in meine und sage: „Ich möchte, dass du mir jetzt genau zuhörst.“

20

Kelbi

Ich schaffe es nicht, den Kopf zu heben und ihn anzusehen, zu groß ist der Schmerz in meiner Brust. Ausgerechnet ihm von meiner Vergangenheit zu erzählen, ist hart. Gabriel ist der erste Mann, der mich mit meinen Vorsätzen hadern lässt. Mit ihm zusammen könnte ich mir vorstellen, eine Familie zu gründen. Da ist so viel Liebe in mir. Gefühle, die ich über all die Jahre in meinem Innersten verborgen hielt und die nun an die Oberfläche drängen. Ich weiß, es ist falsch, mir Kinder mit ihm zu wünschen. Doch ich tue es von ganzem Herzen.

Tränen kullern über meine Wangen.

„Ich möchte, dass du mir jetzt genau zuhörst“, sagt er und nimmt meine Hände in seine. Die Berührung hat etwas Tröstliches und löst den Tränendamm in mir endgültig. Bittere Schluchzer dringen aus mir heraus. Beschämt vergrabe ich das Gesicht in den Händen.

„Was du durchmachen musstest, tut mir leid. Kein Kind sollte erleben, was du erlebt hast.“ Der einfühlsame Klang seiner Stimme lässt mich die Hände senken. „Dann … verstehst du, waru-warum ich Leo nicht zu mir nehmen konnte?“, frage ich zwischen zwei Schluchzern.

„Das tue ich.“ Er gibt mir einen Moment, um mich zu beruhigen, ehe er mein Gesicht umfängt und meinen Blick sucht. Seine wunderschönen Augen sind ernst auf meine gerichtet. „Ich weiß, du hast Angst, so zu werden wie deine Eltern, aber das brauchst du nicht. Egal wie viele ihrer Gene du in dir trägst, du bist nicht wie sie. Niemals. Du, Kelbi Shipley, zählst zu den aufopferndsten und gutherzigsten Menschen, die ich je kennengelernt habe. Und das will was heißen, denn ich kenne verflucht viele Leute“, scherzt er, was mir ein kurzes Auflachen entlockt. „Du allein entscheidest, wer du bist und was du aus deinem Leben machst. Narzisstische Störung hin oder her, deine Eltern hätten die Verantwortung für dich übernehmen müssen. Dass sie es nicht getan haben, zeigt, was für Versager sie waren. Aber du bist anders. Überleg mal, du setzt dich seit Jahren für Hilflose und Schwache ein.“ „Weil ich es mir zum Ziel gemacht habe, für Kinder, die in ähnlichen oder gar denselben Umständen wie ich aufwachsen, da zu sein.“

Ein Lächeln, das ich küssen möchte, überzieht sein Gesicht. „Siehst du, du bist nicht wie deine Eltern. Und ganz ehrlich: Sollte ich je eigene Kinder haben, werde ich mich glücklich schätzen, wenn sie eine Mutter haben wie dich.“

Dieser letzte Satz ist es, der eine Art Schalter in meinem Kopf umlegt. Dass Gabriel mir so sehr vertraut, ändert alles. *Er hat recht, selbst wenn die Krankheit meiner Eltern auf mich übergegangen wäre, läge es immer noch in meiner Macht, ein besserer Mensch zu sein als sie.*

Ich schließe die Augen, spüre seinem Daumen nach, der eine Träne von meiner Wange wischt.

„Da ist noch etwas, was ich dir sagen muss“, gestehe ich, als er seine Hände zurückzieht und ich die Lider hebe. „Ich denke auch immerzu an dich.“

Sein Lächeln dringt tief in meine Brust, verdrängt die Dunkelheit, die dort seit all diesen Jahren wie ein schwarzes Feuer schwelt. Plötzlich bin ich der festen Überzeugung, mit ihm alles zu schaffen. Gabriel ist der Richtige für mich, das spüre ich. Ein Teil von mir möchte ihm meine Liebe gestehen, doch ich bringe kein weiteres Wort heraus. Darum beschließe ich, ihm meine Gefühle auf eine andere Art und Weise zu zeigen, beuge mich vor und drücke meine Lippen auf seine. Er erwidert den Kuss und taucht seine Zunge in meinen Mund. Als sie die meine berührt, erschauere ich am ganzen Leib. Ihn zu schmecken ist unbeschreiblich. Nachdem ich davongelaufen war, war ich sicher, ihn verloren zu haben. Dass er mir nicht böse ist und mich trotz meiner Ecken und Kanten will, bedeutet mir alles.

Die Hände auf seinen Schultern drücke ich ihn mit dem Rücken auf die Couch. Das Verlangen, das ich dabei in seinen Augen lese, schickt ein feuriges Ziehen durch meinen Unterleib. Schwer hebt und senkt sich sein breiter Brustkorb unter seinen Atemzügen. Gabriels Blick tastet über mein Gesicht.

„Fuck“, knurrt er, als ich mich rittlings auf ihn setze. Sich über die Lippen leckend umfängt er mein Becken. Seine Hände schieben sich unter den dünnen Stoff meines Höschens und packen meinen Po. Mit einem rauen Keuchen drängt er mir seine Härte entgegen – lässt mich spüren, was ich mit ihm anstelle. „Küss mich“, verlangt er, und als ich mich zu ihm hinabbeuge und meine Lippen auf seine lege, wandern seine Hände an meinen Hinterkopf, wo sie sich in meinem feuchten Haar vergraben. Zittrig vor Erregung löse ich den Windsor-Knoten seiner Krawatte. Einen Augenblick später segelt das Teil durch die Luft. Meine Finger finden die Knopfleiste seines Hemdes. Während ich mich daranmache, sie zu öffnen, werden Gabriels Küsse drängender. Fordernd beißt er mir in die Lippe und leckt auf eine Art und Weise über meine Zunge, die mich um den Verstand bringt. Seine unterschwellige Dominanz turnt mich unwahrscheinlich an. Hemmungslos keuche ich ihm in den Mund, ergebe mich der Lust, die wie ein gewaltiger Vulkan in mir überläuft.

Ein scharfes Reißen erfüllt den Raum. Einen Wimpernschlag später wirft er mein Shirt zur Seite. Seine Hände finden meine nackten Brüste, spielen mit ihnen und zupfen an den Spitzen, ehe sie tiefer wandern und sich an den Saum meines Höschens legen. Wieder ein Reißen. Diesmal klingt es weiter entfernt, was nicht am Geräusch, sondern an mir und dem Zustand liegt, in den ich dank Gabriels versauten Küssen drifte. Erst als ich kühle Luft zwischen meinen Schenkeln spüre, begreife ich, dass mein Slip dran glauben musste. Benebelt richte ich mich auf und schaue an mir hinab. Nackt und zitternd vor Verlangen sitze ich auf ihm. Inzwischen hebt und senkt sich mein Brustkorb genauso schwer wie seiner. Unsere Blicke begegnen einander. Einen Moment verliere ich mich im Turmalingrün seiner Augen, dann packe ich sein halb geöffnetes Hemd und überlasse mich meinen Instinkten. Knöpfe fliegen durch die Luft und Stoff reißt, als ich es auseinanderziehe. Gabriels Brust ist wie gemeißelt. Mit einer Hand fahre ich über sie, spüre den Muskelsträngen unter der Haut nach, ehe ich weiter südlich wandere. Mit wenigen Handgriffen habe ich sein bestes Stück befreit. Lang und hart ragt er unter mir auf. Ich senke den Kopf, lasse meine Zunge um die Eichel kreisen, ehe ich ihn in den Mund nehme. Gabriel zieht scharf die Luft durch die Zähne, sein steifer Penis zuckt in meinem Mund.

„Shit“, keucht er, legt mir eine Hand an den Hinterkopf und schlingt fest mein Haar darum. Wieder ist es seine dominante Art, die mich fast um den Verstand bringt und dafür sorgt, dass sich meine Unterleibsmuskeln auf himmlische Weise zusammenziehen. Als er mich nach unten dirigiert, sich tiefer in mich schiebt, spüre ich, wie meine eigene Feuchtigkeit an meinen Innenschenkeln hinabläuft. Begierig sauge und lecke ich an seiner Härte, nehme sie so tief ich kann in mich auf. Meine Hände, die sich auf sein Sixpack legen, fühlen den Muskeln nach, die sich rhythmisch unter der Haut bewegen.

„Verdammt“, knurrt er, als ich durch meine Wimpern zu ihm aufsehe. „Was machst du nur mit mir?“ Seine Hände nehmen mich an den Oberarmen. Er will mich zu sich hochziehen, doch ich habe andere Pläne. Ehe Gabriel begreift, wie ihm geschieht, komme ich über ihn, schnappe seine pulsierende Länge und führe sie an meine triefende Mitte. Sofort packen mich seine großen, männlichen Hände an den Seiten. Die Unterlippe zwischen die Zähne gezogen, beobachtet er, wie seine Spitze zwischen meinen Schamlippen verschwindet. Langsam und genüsslich lasse ich mich auf ihn hinab. Dabei dringt ein heiserer Laut aus meiner Kehle und mein Kopf sinkt in den Nacken. Das Gefühl, ihn in mir zu spüren, ist überwältigend. Er hat die perfekte Größe, füllt mich bis in den letzten Winkel meiner Weiblichkeit aus. Ich gebe meinem Körper einen Moment, mich an ihn zu gewöhnen, ehe ich den Kopf wieder hebe und mich auf Gabriel zu bewegen beginne. Er ist so warm, lang und hart.

Gott, ich liebe es, mit ihm zu schlafen.

Fest drücken sich seine Finger in meine Seiten, steigern mein Verlangen. Gabriels sexuelle Energie setzt meinen Körper in Brand. Sie ist so intensiv, dass ich das Gefühl habe, sie um uns herum wie Elektrizität in der Luft knistern zu hören. Rasch werden meine Bewegungen schneller, drängender. Meine Vulva glüht und meine Unterleibsmuskeln ziehen sich mit jedem Mal, wenn er sich in mich schiebt, fest um seine Härte zusammen. Die Lust zwischen meinen Schenkeln ist unerträglich. Nie zuvor habe ich etwas Vergleichbares gespürt. Jede Faser, jede Zelle meines Körpers ist auf dieses Gefühl fixiert. Mein Kopf ist leer, mein Verstand wie ausgeknockt. Da ist nichts als dieses ungestillte Verlangen. Immer wilder bewege ich mich auf

Gabriel, bekomme am Rande mit, wie seine Hände sich von meinen Hüften lösen, meinen Körper erforschen und an meinen Brüsten spielen. Sie treiben mich auf einen Orgasmus zu.

„Bitte, Gabriel", keuche ich, ohne es zu wollen. Die Worte kommen einfach so über meine Lippen. „Bitte", flehe ich. Verzweifelt nach Erlösung suchend, drücke ich den Rücken durch, um ihn noch tiefer in mich aufzunehmen. Mein Höhepunkt ist zum Greifen nah, doch ich schaffe es nicht, über die Schwelle zu treten. Und dann dringt ein Klatschen an meine Ohren. Der leise, aber sündig süße Schmerz auf meiner Pobacke, der das Geräusch begleitet, gibt mir den Rest. Mit einem Aufschrei werfe ich den Kopf in den Nacken und komme. Die Welt um mich herum explodiert, während mich pure Ekstase durchflutet. Die Augen geschlossen gebe ich mich dem Gefühl hin. Noch einmal klatscht es. Diesmal ist es die andere Pobacke, die ein süßer Schmerz durchzieht. Dann packt mich Gabriel wieder an der Hüfte und versenkt sich mit einem animalischen Knurren ein letztes Mal tief in mir, ehe er erschauert. Verschwitzt und nach Atem ringend lege ich mich schließlich auf seine Brust. „Das war ..." Ich versuche, die richtigen Worte zu finden, doch mein Kopf ist noch benebelt. „Wow."

„Du bist wow", sagt er und drückt mir einen Kuss aufs Haar. Ich bin überglücklich, fühle mich geliebt und angekommen. Und dann lichtet sich der Nebel, und mir wird klar, was ich getan habe.

Ich hatte gerade das erste Mal in meinem Leben ungeschützten Sex.

Überraschenderweise löst diese Erkenntnis keine Panik in mir aus, denn Gabriel hat mir die Augen geöffnet. Dank ihm habe ich erkannt, dass ich eine gute Mutter wäre.

Mag sein, dass ich die Gene meiner Eltern habe, aber deswegen bin ich noch lange nicht wie sie.

Leah würde toben, wenn sie meine Gedanken hören könnte, denn genau das predigt sie mir seit Jahr und Tag. Doch ich habe ihr nie geglaubt.

Manchmal, denke ich im Stillen, *braucht es einen Außenstehenden, der einen wachrüttelt.*

21

Gabriel

Eine Weile lang liegen wir einfach so da und genießen die gegenseitige Nähe. Kelbi zeichnet Kreise auf meine Brust und ich streiche durch ihre inzwischen trockenen Locken. Ihr grummelnder Bauch ist es, der unsere Ruhe unterbricht.

„Hunger?“, frage ich.

„Ein wenig. Auf der Arbeit war viel los.“

Was so viel bedeutet wie: Sie konnte keine Pause machen. „In Ordnung.“

„Was tust du?“ Kelbi sieht mich verwundert an, als ich sie von mir schiebe und aufstehe. „Dafür sorgen, dass du mir nicht vom Fleisch fällst. Komm.“ Mit diesen Worten ziehe ich die Hose hoch und knöpfe mein Hemd zu – wobei ich schmunzelnd feststelle, dass nicht mehr viele Knöpfe übrig sind.

„Ich verstehe nicht. Was hast du vor?“ Die Stirn gekräuselt setzt sie sich auf.

„Wir bestellen dir was zu essen und lassen es uns ins Hotel liefern."

„Ins Hotel?"

„Ja. Worauf hast du Lust? Italienisch, Griechisch, Asiatisch?"

„Französisch. Ich liebe dieses Land und ganz besonders das Essen."

Gut zu wissen.

„Aber warte", hält sie mich zurück, als ich mich nach meiner Krawatte bücke. „Ich kann nicht mit ins Hotel kommen. Ich habe morgen früh einen Termin."

„Und?"

„Und ich muss noch unter die Dusche, brauche meine Sachen und ..."

Sie verstummt, als ich zu ihr gehe, mich bücke und sie küsse. „Duschen kannst du bei mir und deine Sachen nimmst du mit", erkläre ich und umfange mit Zeigefinger und Daumen ihr Kinn. „Ich will, dass du heute bei mir schläfst." *Um genau zu sein, will ich, dass du für den Rest deines Lebens bei mir schläfst,* füge ich in Gedanken hinzu. Nie zuvor war mir eine Frau wichtiger als Kelbi. Kaum zu glauben, wie sehr sie mir in der kurzen Zeit den Kopf verdreht hat. Aber so ist es. Was ich für den blonden Lockenkopf empfinde, ist nicht in Worte zu fassen. Ich weiß nur, dass ich immerzu an sie denken muss, dass ich süchtig nach ihren Küssen bin, mich leer fühle, wenn sie weg ist, und die Zeit vergesse, wenn sie bei mir ist. Nichts ist mehr von Bedeutung, wenn sie in meinen Armen liegt.

Es gelingt mir, sie zu überreden, bei mir zu schlafen. Während Kelbi alles Nötige in eine kleine Reisetasche packt, bestelle ich bei *La Petite* eine Auswahl an französischen Leckereien. Auf der Fahrt zum *Golden Lady* eröffnet mir meine Hübsche, dass sie einen Termin bei ihrer Frauenärztin ausmachen wird, um sich eine Spirale einsetzen zu lassen. Wie es scheint, hat der kondomfreie Sex nicht nur mich umgehauen. Es ist eine Sache, mit einer Frau zu schlafen, die einen flasht, aber noch mal eine andere, es ohne lästigen Gummi zu tun.

Im Hotel angekommen schleichen wir uns in Leos Zimmer.

„Hey, kleiner Kumpel, ich bin zurück", flüstere ich, als wir an sein Bettchen treten. „Wie geht es ihm?", will ich von Edwina wissen, die im Schaukelstuhl sitzt und strickt.

„Besser. Er hat noch ein wenig erhöhte Temperatur, aber die behalte ich im Auge."

„Sehr gut." Erleichterung erfüllt mich, weshalb ich die Frau dankbar anlächle.

„Gabriel, sieh nur." Kelbi, die sich zu dem Kleinen ins Gitterbettchen gebeugt hat, um ihn besser zuzudecken, deutet auf seinen offen stehenden Mund. Die Stirn gerunzelt folge ich ihrem Fingerzeig und entdecke eine kleine weiße Stelle an seinem Unterkiefer.

„Was ist das? Eine neue Blase?"

„Nein, das ist sein erstes Zähnchen."

„Wirklich?" Ergriffen beuge ich mich über Leo, begutachte die Stelle genauer. Tatsächlich, sein erster Zahn.

Obwohl der Kleine nicht mein eigenes Kind ist, erfüllt mich Stolz.

Was für ein Tag, denke ich ergriffen. *Erst gelingt es mir, das Tokio-Projekt zu retten, dann die Aussprache und der Sex mit Kelbi und jetzt das. So darf es gerne weitergehen.*

Und genau das tut es. Die kommenden Wochen werden fantastisch. Leo erholt sich bald von seiner Krankheit und Kelbi und ich verbringen jede freie Minute miteinander. Der Sex mit ihr ist unvergleichlich. Ich bin im wahrsten Sinne des Wortes süchtig nach dieser Frau und schaffe es kaum, die Finger von ihr zu lassen. Wenn wir nicht gerade übereinander herfallen, nutzen wir die Zeit mit dem Kleinen.

Eines Abends, als ich sie ins *La Petite* zum Dinner einlade, erzähle ich ihr von Vaters Ultimatum. Bisher habe ich das Thema gemieden, weil ich Angst hatte, sie könnte es in den falschen Hals bekommen und denken, das zwischen uns würde in irgendeiner Form mit diesem Ultimatum zu tun haben. Doch wie so oft überrascht mich Kelbi.

„Und dein Vater besteht darauf, dass jeder Einzelne von euch sechs Brüdern für einen Erben sorgt?“, erkundigt sie sich.

„So ist es.“

„Hm“, macht sie, nimmt eine Gabel voll Quiche in den Mund und kaut nachdenklich darauf herum. „Kann es sein, dass Seans Ultimatum kein Erpressungsversuch, sondern vielmehr seine verschrobene Art ist, euch etwas Gutes zu tun?“, fragt sie, als sie geschluckt hat.

„Inwiefern kann es gut sein, uns unser Erbe zu entziehen?“

„Du sagst, dein Vater ist ein Familienmensch.“

„Das ist er.“

„Und würdest du ihn als einen gerechten und weisen Mann beschreiben?“

„Abgesehen von seinem Ultimatum? Ja.“

Kelbis Mundwinkel biegen sich nach oben. Das Lächeln, das sie mir schenkt, lässt es in meiner Brust warm werden. „Manchmal“, sagt sie, streckt die Hand über den Tisch und schiebt sie in meine, „tun Menschen seltsame Dinge, um jene zu schützen, an denen ihnen etwas liegt. Dein Vater liebt dich, Gabriel. Ich glaube, dass er mit seinem Ultimatum nur eines versucht, nämlich euch Brüder davor zu bewahren, dieselben Fehler wie er zu machen.“

Von dieser Seite aus habe ich das Ganze noch nicht betrachtet. Wer weiß, vielleicht hat sie recht. Vater hat vieles in seinem Leben falsch gemacht, aber nichts hat ihn so hart getroffen, wie unsere Mutter zu verlieren. Familie ist alles, das ist es, was er uns immer wieder predigt und was wir Jungs womöglich noch begreifen müssen ...

Vierzehn Tage später habe ich eine Überraschung für Kelbi. Dazu fliegen wir übers Wochenende in meinem Privatjet nach Frankreich – während sich Edwina um Leo kümmert –, wo wir in der Präsidentensuite des Pariser *Nixon Hotel* einchecken. Wir erkunden die Champs-Élysées, besichtigen Notre-Dame, speisen in den feinsten Restaurants und vergnügen uns mit Champagner und Erdbeeren in der Suite. Kurzum: Wir erleben unvergessliche Stunden in der Stadt der Liebe. Zum Abschluss unseres Kurztrips schauen wir uns den Eiffelturm an. Als wir auf der Aussichtsplattform ankommen, ist es neun Uhr abends. Die Besuchermassen, die tagsüber den Turm in Beschlag genommen haben, sind verschwunden und außer uns befinden sich nur eine Handvoll anderer Leute hier oben.

„Es ist wunderschön", schwärmt Kelbi und tritt an das mit Gittern geschützte Geländer. Unter ihr erhellen unzählige Lichter die Stadt. Es ist ein magischer Anblick, wie sie da steht und der Wind an ihren Locken zupft.

„Wunderschön", pflichte ich ihr bei, trete von hinten an sie heran und schlinge meine Arme um sie. Die Nase in ihrem Haar vergraben gebe ich ihr einen Moment, um sich sattzusehen.

„Das war ein atemberaubendes Wochenende", schwärmt sie schließlich und dreht sich zu mir um. Ihre großen Augen glitzern wie die Lichter der Stadt. „Freut mich, dass es dir gefallen hat", sage ich und streiche ihr eine Haarsträhne, die ihr der Wind ins Gesicht bläst, zärtlich hinters Ohr. „Aber es ist noch nicht vorbei. Das Beste kommt bekanntlich zum Schluss."

Sie zieht die Stirn kraus, versteht nicht, wovon ich spreche. Darum hole ich mein Handy hervor.

„Ich habe noch eine Überraschung für dich."

„Eine Überraschung?" Ihre Brauen wandern himmelwärts.

„Das hier habe ich vor unserem Abflug am Freitag in Auftrag gegeben." Ich öffne die Galerie auf meinem Handy und reiche ihr das Telefon.

„Ist das ein Bauplan?"

„Das ist es."

„Ich verstehe nicht. Wofür?" Verwirrt sieht Kelbi vom Display zu mir auf.

„Erkennst du es nicht? Sieh genauer hin."

Ihre königsblauen Augen richten sich erneut auf das Handy, wo sie mit den Fingern hin und her wischt. Plötzlich erstarren ihre Bewegungen. „Ist das …"

„Das St.-Marcus-Waisenhaus, richtig."

Auf diese Aussage hin klappt ihr der Mund auf.

„Ich habe Bostons erfolgreichsten Architekten für das Projekt angeheuert. Das Waisenhaus ist ein Teil deiner Kindheit, ich weiß, wie viel es dir bedeutet, darum habe ich entschieden, es wieder aufbauen zu lassen. Und zwar genau so, wie es war."

Erneut hebt Kelbi den Kopf. Diesmal schwimmen Tränen in ihren Augen.

„Leah weiß bereits Bescheid. Sie wird mit den Kindern vorübergehend ins *Golden Lady* ziehen."

„Aber das Hotel ist frisch saniert."

„Na und? Die Kids und sie bekommen den ersten Stock."

Fassungslos schüttelt sie den Kopf und wischt sich eine Träne aus dem Augenwinkel. „Ich weiß nicht, was ich sagen soll."

„Du brauchst gar nichts zu sagen. Die Renovierung ist mir eine Herzensangelegenheit."

Ein Schluchzer bricht aus ihr heraus, ehe sie sich mir in die Arme wirft. „Danke, Gabriel. Danke, danke, danke“, sagt sie immer wieder und birgt ihr Gesicht an meine Brust. „Du weißt nicht, wie viel mir das bedeutet.“

Nein, aber ich weiß, wie viel du mir bedeutest und dass ich alles tun werde, um dich glücklich zu machen.

22

Kelbi

"An die Security werde ich mich, glaube ich, nie gewöhnen", sage ich und werfe einen Blick über die Schulter auf Brick und seinen Kollegen, die in sicherem Abstand hinter uns her gehen. Es ist Ende April, die Sonne lacht vom Himmel und Gabriel und ich schlendern mit Leo durch den *Franklin Park Zoo*.

„Glaub mir, das wirst du. Spätestens in einem Jahr hast du dich so an sie gewöhnt, dass es seltsam sein wird, wenn du mal ohne sie aus dem Haus gehst", versichert Gabriel, der den Kinderwagen schiebend neben mir her geht. Er reicht mir die Hand, und als ich sie ergreife, hebt er sie an seine Lippen und küsst meinen Handrücken. Zu sagen, dass es mir gut geht, wäre eine himmelweite Untertreibung. Ich bin überglücklich, ihn gefunden zu haben, und bis über beide Ohren verliebt. Das hier: Leo, Gabriel und ich, das fühlt sich wie eine eigene kleine Familie an. Mein Leben war noch nie so schön wie in diesem Moment.

„Wie ist das eigentlich, mal nicht im Anzug herumzulaufen?“, frage ich ihn und lasse den Blick an ihm hinabwandern. Es ist und bleibt ein ungewöhnlicher Anblick, Gabriel in legerer Kleidung zu sehen. Dabei stehen ihm die Sneakers, Jeans und der Hoodie, den er trägt, ausgezeichnet. „Fühlt es sich komisch an?“, will ich mit einem verschmitzten Grinsen wissen. „So, als wärst du nackt?“

Ein Grinsen überzieht sein Gesicht. Ich wette, ihm liegt ein anzüglicher Kommentar auf der Zunge, doch gerade als er zu einer Antwort anheben will, wirft Leo seinen Teddy aus dem Kinderwagen. Wir bleiben stehen und ich hebe ihn vom Boden auf.

„Wir hätten den Bären zu Hause lassen sollen“, überlege ich laut. „Wenn wir ihn verlieren, bekommen wir wieder tagelang kein Auge zu. So wie nach unserem Kurztrip nach Paris.“ Damals ist das Plüschtier aus Versehen in die Schmutzwäsche geraten. Leo hat zwei Nächte lang wie am Spieß geschrien. Nicht einmal, dass wir ihn zu uns ins Bett nahmen, hat geholfen. Seither passen wir besser auf sein Spielzeug auf. Sicherheitshalber stecke ich den Bären in die Wickeltasche. Dabei kommt mir Timmy und sein geliebter Mr Pig in den Sinn. Er und die anderen Kids leben seit einiger Zeit mit uns zusammen im *Golden Lady*. Anfangs war es ein richtiges Durcheinander. Die Kids waren total aufgedreht, weil keines von ihnen je zuvor in einem Hotel war. Aber Leah ist spitze, sie hat die Kleinen super erzogen und ihnen beigebracht, wie man sich in einem noblen Haus wie dem *Nixon Hotel* benimmt.

„Weißt du, ob schon jemand auf Leahs Stellenanzeige geantwortet hat?“, erkundige ich mich bei Gabriel. Da er seine Geschäfte noch immer vom Hotel aus regelt, sieht er meine Freundin öfter als ich.

„Ja, ich meine, es gab zwei Bewerbungen.“

„Das ist gut. Ich hoffe inständig, dass sie bald jemanden findet, der sie mit den Kindern unterstützt.“ Leider hat Leah bisher keinen Ersatz für Sally gefunden, weshalb sie sich noch immer allein um die Kids kümmern muss. Das heißt, nicht ganz allein, denn Edwina und ich unterstützen sie, wann immer sie Hilfe braucht.

„Wenn ich das richtig verstanden habe, ist diesmal eine vielversprechende Bewerberin dabei.“

„Daumen drücken“, sage ich und Leo, der die Giraffen entdeckt hat, quietscht freudig. Wir steuern die Parkbank vor ihrem Gehege an. Wieder quietscht der Kleine und streckt die Ärmchen nach den Tieren aus. In den vergangenen Wochen hat er einen ordentlichen Schub getan. Inzwischen hat er vier Zähne und greift selbstständig nach Dingen, die man ihm reicht. Außerdem kann er bereits ohne Unterstützung einige Sekunden lang allein sitzen. Momentan überrascht er Gabriel und mich fast täglich mit etwas Neuem. Gestern Abend ist er über seine Spielmatte gerobbt, und heute früh hat er versucht, sich an den Gitterstäben seines Bettchens hochzuziehen. Er ist so was von goldig. Mit seinen großen blauen Augen und dem süßen Gesichtchen möchte man ihn den ganzen Tag lang herzen und küssen.

„Glaubst du, er hat Hunger?“ Gabriel, der sich auf die Parkbank setzt, deutet auf Leo. Er hat den Kinderwagen so hingestellt, dass die beiden sich gegenübersitzen.

„Du meinst, weil er auf seinem Beißring herumnagt? Gut möglich. Das letzte Fläschchen hat er nach dem Mittagsschlaf bekommen.“

„Das war vor drei Stunden.“

„Weißt du was?“ Aus der Wickeltasche hole ich einen Latz plus Plastiklöffel und eines dieser Baby-Fruchtgläschen. „Gib ihm das. Edwina sagt, er liebt die Dinger.“ Ich reiche Gabriel das Glas, setze mich zu ihm und schaue zu, wie er Leo den Latz umbindet. Es klackt, als er den Drehverschluss des Gläschens löst.

„Na dann, Kumpel. Jetzt gibt es was Leckeres.“ Er taucht den Löffel in den Apfelbrei und gibt dem Kleinen davon. Der kneift die Augen zusammen und verzieht das Gesicht.

„Was denn? Ich dachte, das schmeckt dir.“ Gabriel wirft einen skeptischen Blick auf das Etikett. „Für Babys ab vier Monaten. Ohne Zuckerzusatz.“ Er versucht es erneut, doch kaum ist der Brei im Mund des Kleinen, da drückt er ihn mit der Zunge wieder hinaus. „Komm schon, das ist gesund“, motiviere ich den Jungen, als mein Telefon klingelt. Ich krame es aus der Tasche und werfe einen Blick auf das Display. Es ist Franklin.

Seltsam. Es ist Samstagnachmittag. Warum ist er auf der Arbeit?

„Entschuldige mich kurz.“ Mit einem Lächeln an Gabriel stehe ich auf und entferne mich einige Schritte weit.

„Franklin, hi, was gibt's?", nehme ich den Anruf entgegen.

„... ja, darum kümmere ich mich. Ich weiß. Nein, ich mache das schon ...", höre ich die Stimme meines Vorgesetzten, die dumpf und undeutlich klingt. Wie ich ihn kenne, hat er den Telefonhörer mal wieder nicht am Ohr.

„Franklin?!"

„Augenblick ... Kelbi?" Jetzt ist seine Stimme deutlich. „Bleib bitte kurz dran, ja?"

„Sicher."

Es raschelt – vermutlich, weil er den Hörer zur Seite legt. Während ich auf ihn warte, fällt mein Blick auf die beiden Security, die etwas abseits stehen. Brick, der beobachtet, wie ungeschickt sich Gabriel mit dem Brei anstellt, schüttelt den Kopf.

„Schmeckt ihm nicht, was?", fragt er.

„Nicht wirklich." Gabriel, der resigniert, wischt Leo mit dem Latz den verschmierten Mund ab.

„Darf ich es mal versuchen?" Brick macht einen Schritt auf die beiden zu. „Bei meiner Tochter war es genauso, als wir anfingen, ihr Fruchtgläschen zu geben. Die Säure ist neu für die Kleinen. Daran müssen sie sich erst gewöhnen."

„Nur zu." Gabriel reicht dem Hünen mit dem Boxerhaarschnitt Brei und Löffel und dreht den Kinderwagen so, dass Leo zu ihm sieht.

Neugierig beobachte ich, wie der riesige Mann eine winzige Portion auf das Löffelchen hebt und dem Kleinen geschickt in den Mund schaufelt. Wieder verzieht Leo das Gesicht und drückt das Fruchtmus mit der Zunge heraus.

Doch Brick gibt nicht auf, fängt den Brei mit dem Löffel auf und gibt ihn wieder in den Mund des Babys. Das wiederholt er so lange, bis Leo die Portion schließlich hinuntergeschluckt hat.

„Respekt", lobt Gabriel, während sein Security dem Kleinen einen weiteren Löffel gibt. Abermals verzieht der Junge das Gesicht. Diesmal jedoch ist etwas anders. Es wirkt nicht, als wäre ihm der Brei zu sauer, sondern ...

Hatschi!

Gabriel, der andere Security und ich brechen in schallendes Gelächter aus. Leo hat Brick den Löffel Apfelbrei ins Gesicht genießt. Der Anblick des riesigen Mannes, der mit dem Löffelchen in der Hand über dem Baby steht und erschrocken aus der Wäsche guckt, ist ein Bild für Götter.

„Kelbi?" Das ist Franklin. „Bist du noch da?"

„Ja, bin ich", sage ich lachend.

„Alles okay bei dir?"

„Sicher. Ich bin mit Gabriel und dem Kleinen im Zoo." Mir eine Lachträne aus dem Augenwinkel wischend drehe ich den Männern den Rücken zu, um mich auf das Telefonat zu konzentrieren. „Was gibt's denn?"

„Es ist so weit. Nixons Mann, dieser Toni, ist ein Ass. Er hat das perfekte Paar gefunden", verkündet er freudig.

„Was für ein Paar?", frage ich, immer noch glucksend, begreife nicht, was er mir sagen will.

„Toni hat passende Adoptiveltern für Leo gefunden. Die zwei sind perfekt."

Mir bleibt das Lachen im Hals stecken. Von einem Moment auf den anderen ist mir, als würde man mir den

Boden unter den Füßen wegreißen. Eben noch war mein Leben perfekt, wir waren eine glückliche Familie – und jetzt das. Ein schreckliches Gefühl der Verzweiflung nistet sich in meiner Brust ein. Als ich mich zu Gabriel umdrehe und beobachte, wie er Leos verschmierten Mund mit einem Spucktuch abwischt, kommt es mir vor, als würde ich in einem zu engen Korsett stecken.

„Wann?", will ich von meinem Vorgesetzten wissen. Mein Mund ist trocken wie die Wüste Gobi.

„Wenn Nixon sein Go gibt, gleich morgen früh. Sämtliche Verträge und Unterlagen sind vorbereitet."

„Morgen schon?" Das Korsett wird enger.

„Ja, auf deinen ausdrücklichen Wunsch hin. Erinnerst du dich?"

Mir schwindelt. Natürlich erinnere ich mich. Ich selbst habe Franklin damals im Krankenhaus am Telefon gebeten, die Sache so rasch wie möglich über die Bühne zu bringen, damit Gabriel nicht unnötig leidet. Eine Hand auf den Mund gedrückt, stehe ich hilflos da, weiß nicht, was ich sagen, geschweige denn tun soll.

Reiß dich zusammen, Kelbi, ermahne ich mich im Stillen. Ich wusste, dass der Tag kommen würde, auch wenn ich nicht geahnt hatte, wie schmerzhaft er sein würde.

Gabriel, der zu spüren scheint, dass etwas nicht stimmt, wirft mir einen Blick zu. Als er mir ins Gesicht sieht, wird seine entspannte Miene ernst. Er wechselt ein, zwei Sätze mit Brick und steht auf.

„Danke, Franklin", sage ich mit einem Kloß im Hals, weil Gabriel auf mich zukommt. Ich habe keinen blassen

Schimmer, wie ich es ihm sagen soll. „Ich kläre alles Weitere ab und melde mich.“ Mit diesen Worten lege ich auf und stecke das Handy hinten in meine Jeans. Angespannt lecke ich mir über die Lippen, während Gabriel vor mir stehen bleibt.

„Du siehst aus, als hättest du ein Gespenst gesehen. Wer war das am Telefon?“ Seine Stimme klingt besorgt.

„Ich …“, hebe ich an und breche wieder ab.

„Kelbi, rede mit mir.“ Er umfasst meine Arme und ich schaue zu ihm auf. Die einzelne Träne, die sich aus meinem Augenwinkel stiehlt, schürt seine Sorge. „Wer war das?“, drängt er.

„Franklin.“ Meine Stimme zittert.

„Dein Vorgesetzter?“ Gabriel hebt fragend die Brauen. „Was ist mit ihm?“

„Es gibt Neuigkeiten. Toni hat Adoptiveltern für Leo gefunden.“

Wie zwei dunkle Balken sinken seine Brauen herab und er wird aschfahl im Gesicht.

„Gabriel?“ Verdammt, ich wusste es! Ich wusste, dass ihn diese Nachricht zerstören würde … genauso wie sie mich zerstört. Sanft umfange ich sein Gesicht. „Schau mich an“, bitte ich, doch er macht sich von mir los und wendet den Blick ab. Mein Herz blutet vor Schmerz, während ich zuschaue, wie sein Kehlkopf hüpft, als er schluckt. Obwohl er den Blick abgewandt hat, sehe ich den Kummer auf seinen Zügen. Er beißt die Zähne zusammen und seine Kiefermuskeln spannen sich an. Niemals zuvor habe ich mich hilfloser gefühlt als in diesem Augenblick.

„Bitte, Gabriel, sprich mit mir. Sag mir, was ich tun soll. Wie kann ich dir helfen?“

Er schweigt.

„Wenn du unsicher bist, kannst du dir die Adoptiveltern erst anschauen. Du musst ihnen den Kleinen nicht überlassen, wenn du dich nicht wohl dabei fühlst. Ich bin sicher, es gibt noch andere.“

Er schließt die Augen für einen Moment und seufzt. Dann wirft er über seine Schulter einen Blick auf den Kleinen. Als er mich wieder ansieht, liegt ein Ausdruck in seinen Augen, der verrät, dass er einen Entschluss gefasst hat.

23

Gabriel

"Sind Sie so weit? Es ist gleich neun Uhr." Die Hände vor dem Schoß gefaltet steht Edwina unter dem Türrahmen und sieht mich an.

„Einen Augenblick noch", antworte ich, woraufhin sie nickt und den Raum verlässt.

Seufzend drehe ich mich zu Leo um, der in seiner Babyschale auf dem Bett sitzt.

„Jetzt sieh mich nicht so an", sage ich zu ihm. „Es ist das Beste für dich."

Er lacht, als hätte ich einen Witz gemacht, und haut seinen Bären aufs Bett. Mit einem schmerzhaften Kloß, der seit gestern Nachmittag in meinem Hals klemmt, gehe ich zu ihm. „Deine Adoptiveltern scheinen anständige Leute zu sein." Ich setze mich neben ihn und gebe ihm den Bären zurück. „Lambard hat sie überprüft, ich bin überzeugt, dass sie gute Menschen sind. Was nicht bedeutet, dass ich kein Auge auf dich haben werde. Ich verspreche dir, kleiner Kumpel, dass ich, solange ich lebe, über dich wachen werde. Es wird dir an nichts fehlen. Ich habe mehrere Fonds für dich eingerichtet, damit du auf die besten Schulen gehen kannst. Und natürlich bist du privatversichert.“ Traurig lächle ich ihn an und streichle mit einem Fingerrücken über seine Wange. „Ich weiß, dass diese Leute kein Ersatz für deine Eltern sind, aber glaub mir, sie werden ihr Bestes geben … so wie ich mein Bestes geben würde.“ Ich schlucke gegen die Enge in meiner Kehle an. „Du wirst mich bald vergessen haben. Aber ich werde mich immer an dich erinnern. Du hast mein Leben auf den Kopf gestellt und mir gezeigt, dass es Wichtigeres als die Firma und deren Erfolg gibt. Du …“ Ich lecke mir über die Lippen, ringe mit den Tränen, die in meinen Augen aufsteigen. „Du hast mich zu einem besseren Menschen gemacht.“

Leo quietscht vergnügt, schüttelt den Teddy und beißt ihm ins Ohr. Schmunzelnd rücke ich das blaue Mützchen auf seinem Kopf zurecht. Es erinnert an jenes, welches er bei unserer ersten Begegnung anhatte und aus dem er längst herausgewachsen ist. Ähnlich verhält es sich mit seiner Babyschale. „Bist ganz schön groß geworden.“ Ich tippe auf seine kleinen Füßchen, die in Baby-Nikes stecken und bis zum Rand der Schale reichen. „Ich werde dir noch heute einen neuen Autositz kaufen und eine Spielzeuggiraffe als Erinnerung an unseren letzten Ausflug. Du …“

Ein Klopfen an der Tür unterbricht mich.

Es ist so weit.

Verdammt.

Ich schließe die Augen, atme tief durch und stehe auf.

„Ja!", rufe ich mit belegter Stimme.

Das Kindermädchen kommt herein. „Miss Shipley", kündigt sie meine bessere Hälfte an. Kelbi, die hinter der grauhaarigen Dame das Zimmer betritt, sieht genauso fertig aus, wie ich mich fühle. Unter ihren Augen liegen dunkle Ringe. Außerdem ist sie auffallend blass. Wie ich hat sie in der vergangenen Nacht kein Auge zugetan. Die Situation setzt ihr ebenso zu wie mir, Leah und den Kids, Brick, Malroy, Edwina und Mrs Adams. Wir alle haben Leo ins Herz geschlossen. Ihn gehen zu lassen ist unsagbar schmerzlich. Aber ich weiß, es muss sein. Der Kleine braucht eine anständige Familie. Keinen Geschäftsmann, der immerzu unterwegs ist und kaum Zeit für ihn hat. Leo soll nicht so aufwachsen wie ich. Er soll es besser und einen Vater haben, der immer für ihn da ist.

„Hey", begrüßt mich Kelbi und kommt auf mich zu.

„Hi", sage ich und nehme sie in die Arme. Ihre Umarmung tut gut und der Kuss, den sie mir gibt, lindert den Schmerz in meiner Brust. Wir haben uns gestern Abend bis spät in die Nacht unterhalten. Sie steht hinter mir und meiner Entscheidung, Leo an seine Adoptiveltern zu übergeben, kann verstehen, dass mein Leben zurzeit zu voll für ein Baby ist. Auch wenn sie der Meinung ist, dass ich dem Kleinen ein wundervoller Vater wäre.

„Bereit?", flüstert sie und schaut zu mir auf. Die Traurigkeit in ihren sonst so strahlenden Augen schneidet mir wie eine Klinge ins Herz.

Ich kann das nicht, denke ich bei mir und spüre instinktiv, dass, wenn ich das Richtige tun und Leo hergeben will, es schnell gehen muss. Es darf keine lange Verabschiedung geben, das ertrage ich nicht. Darum gehe ich zum Bett, hebe die Babyschale hoch und schaue ein letztes Mal in Leos Gesichtchen. Die langen Wimpern, blauen Augen und die winzige Nase. Gott, wie ich ihn vermissen werde. „Halt die Ohren steif, kleiner Kumpel." Meine Kehle ist wie zugeschnürt. Ich bekomme die Worte kaum über die Lippen. „Ich hab dich lieb", wispere ich mit Tränen in den Augen, beuge mich über ihn und drücke einen Kuss auf seine Stirn. Dann reiße ich mich zusammen und übergebe die Babyschale mit dem Kleinen an Kelbi. Auch in ihren Augen schwimmen Tränen.

„Möchtest du ...", hebt sie an, doch ich unterbreche sie, weil ich die Situation keinen Moment länger ertrage.

„Ich möchte nichts mehr. Bitte, geh."

Sie versteht, schenkt mir ein mitfühlendes Lächeln und verlässt das Zimmer. Als die Tür hinter ihr ins Schloss fällt, stoße ich den Atem aus. Ich fühle mich schrecklich. Da ist dieses taube Gefühl, das sich durch meine Brust frisst.

„Sir?" Edwina, die mit gefalteten Händen vor der Wickelkommode steht, sieht mich mit leidvoller Miene an. „Bitte sorgen Sie sich nicht. Es wird ihm gut gehen."

Ihre Worte sind tröstlich, auch wenn sie meinen Schmerz nicht mindern. Edwina Smith ist ein guter Mensch. Damals habe ich die Frau verkannt, doch heute weiß ich, was für eine Bereicherung sie ist, und kann verstehen, warum die New Yorker Familie sie so viele Jahre bei sich behielt.

„Das hoffe ich“, sage ich und bemühe mich um ein Lächeln. Mit der flachen Hand fahre ich mir über Mund und Bart, ehe ich nicke. „Okay, die Möbelpacker müssten in einer halben Stunde hier sein. Bitte richten Sie alles zusammen und geben Sie den Leuten die Adresse der Adoptivfamilie. Wenn Sie mich brauchen, ich bin in meinem Büro.“ Mit diesen Worten gehe ich aus dem Raum und in mein gegenüberliegendes Arbeitszimmer. Ich brauche Ablenkung. Darum fahre ich den Computer hoch und checke meine Mails.

Eine Stunde oder länger versuche ich fieberhaft zu arbeiten, doch ich bekomme keinen klaren Kopf. Immer wieder muss ich an Leo denken. Ich frage mich, wo er gerade ist und wie es ihm geht. Dabei fällt mein Blick auf den Füllfederhalter, der neben mir auf einigen Unterlagen liegt. Ein Stich durchfährt mein Herz. Der Füller war Leos bester Freund, als er zahnte. Der Knirps hat es geliebt, auf dem kühlen Metallgriff herumzukauen.

Verdammt, wie ich ihn jetzt schon vermisse.

Niedergeschlagen stehe ich auf und gehe vor dem Fenster auf und ab.

Es klopft.

„Ja?“ Meine Stimme klingt genervt, was ich nicht will, aber meine Laune ist am Tiefpunkt. Die Tür geht auf und meine persönliche Assistentin kommt herein.

„Was gibt es?“, frage ich. „Haben sich die Möbelpacker um Leos Sachen gekümmert?“

„Ja, Sir."

„Gut. Dann schicken Sie mir Malroy. Ich verlege mein Büro nicht morgen, sondern heute schon zurück in den *Nixon Tower*." Das ist das einzig Vernünftige. Im *Golden Lady* erinnert mich einfach zu viel an Leo.

„Das werde ich."

„Was denn noch, Mrs Adams?", frage ich ungehalten, weil sie im Türrahmen stehen bleibt.

„Ich." Sie räuspert sich, hat wohl einen Frosch im Hals. „Ich habe den hier unten in der Lobby gefunden."

„Leos Bär?", frage ich überrascht, als ich den Gegenstand erkenne, den sie mir entgegenhält. Der Kleine muss ihn aus seiner Babyschale geworfen haben, als Kelbi ihn zu seinen Adoptiveltern gebracht hat. Mit wenigen großen Schritten durchquere ich den Raum und nehme ihr das Plüschtier ab. „Danke", sage ich in entschuldigendem Ton. „Das wäre dann alles."

Adams lässt mich allein und ich betrachte den Bären in meiner Hand. Bei seinem Anblick wird mein Herz schwer wie Blei.

Das fühlt sich falsch an.

Zum ersten Mal, seit ich die Entscheidung getroffen habe, Leo wegzugeben, kommen mir Zweifel. *War es die richtige Entscheidung, ihn diesen Leuten zu überlassen?*

Ich bin hin- und hergerissen.

Was, wenn ich den größten Fehler meines Lebens gemacht habe?

Plötzlich weiß ich, was zu tun ist, und stürme aus dem Büro.

„Mrs Adams!", rufe ich. „Ich brauche Sie!" Drei Stunden später werfe ich die Tür meines Mercedes GLS hinter mir ins Schloss, lehne mich an die hintere Beifahrertür und schreibe Kelbi eine Nachricht.

Gabriel, heute um 13:54 Uhr

Hast du einen Moment? Ich warte vor dem Haus.

Es dauert keine Minute, da schickt sie mir ein Fragezeichen zurück, auf das ich nicht antworte. Stattdessen stecke ich mein Handy weg und schiebe die Hände in die Hosentaschen meines Dreiteilers. Während ich auf meinen blonden Engel warte, wandert mein Blick an dem Gebäude vor mir empor. Der Bau des neuen St.-Marcus-Waisenha uses geht zügig voran. Die Mauern stehen bereits und das Dach wird nächste Woche fertiggestellt. Wenn die Arbeiter den Zeitplan einhalten, können Leah und die Kids im Herbst einziehen. Apropos Leah. Sie und Kelbi kommen – so wie heute – regelmäßig her, um auf der Baustelle nach dem Rechten zu sehen.

Endlich erscheint meine Hübsche auf den Stufen des Eingangs. Sie sieht sich um und legt die Stirn in Falten, als sie mich entdeckt.

„Gabriel, was ist denn los?!", ruft sie und kommt auf mich zu. „Warum schaust du so ernst, ist etwas passiert?" Auf ihrem zierlichen Gesicht zeichnet sich Sorge ab, als sie vor mir stehen bleibt.

„Was ist der größte Fehler, den du in deinem Leben begangen hast?", frage ich sie, woraufhin sie die Brauen hebt.

„Wie bitte?"

„Du hast mich schon verstanden. Was war dein schlimmster Fehler?"

Sie schüttelt den Kopf und zuckt überfragt die Schultern. „Keine Ahnung, vielleicht, dass ich mit neunzehn eine Flasche Jack Daniels in einem Schnapsladen geklaut habe?"

Die Vorstellung, wie sie sich mit einer Flasche Whiskey aus einem Laden stiehlt, ringt mir ein Schmunzeln ab.

„Ich verstehe nicht ... bist du hergekommen, um mich das zu fragen?"

„Nein", antworte ich und stoße mich vom Wagen ab. „Ich bin hergekommen, um dir das hier zu zeigen." Mit diesen Worten öffne ich die hintere Beifahrertür und lasse Kelbi einen Blick ins Wageninnere werfen.

„Das ... aber ... ich verstehe nicht", stammelt sie ungläubig.

„Mein schlimmster Fehler wäre es beinahe gewesen, Leo fremden Leuten zu überlassen", sage ich, beuge mich ins Auto und hebe den Kleinen aus seiner Babyschale.

„Das gibt's nicht!" Tränen der Erleichterung kullern über Kelbis Wangen. Ich weiß, dass es ihr unfassbar schwerfiel, ihn abzugeben. Sie nimmt den Kleinen – der auf der Fahrt hierher geschlafen und seinem Blick nach eben aufgewacht ist – an sich und drückt Küsse auf seine Wangen und Stirn. „Ich habe dich so, so sehr vermisst", sagt sie weinend.

Ging mir genauso.

„Du hast ihn zurückgeholt", sagt sie, das Baby an sich geschmiegt.

„Ja. Dass ich ihn damals aus dem Schneesturm gerettet habe, war Schicksal, davon bin ich fest überzeugt. Denn Leo gehört zu uns – zu dir und zu mir."

Meine Worte lassen sie aufschluchzen. „Was ... was ist mit den ... den Adoptiveltern?"

„Das ist geklärt. Mrs Adams hat sich mit Franklin in Verbindung gesetzt und sich um alles Nötige gekümmert."

Neue Tränen kullern über ihre Wangen. „Und das heißt?"

„Das heißt", antworte ich, mache einen Schritt auf Kelbi zu und nehme sie samt dem Kleinen in die Arme. „Dass ich Leo adoptieren werde."

„Und die Firma?"

„Wird es überleben, wenn ich nicht Tag und Nacht ackere. Abgesehen davon habe ich bereits einen Plan, wie ich es deichseln werde, so viel Zeit wie möglich zu Hause zu verbringen."

„Und der wäre?"

Glücklich lächelnd schaue ich auf sie hinab. Ich spüre, dass ich das Richtige getan habe. „Lass dich überraschen", antworte ich und drücke meine Lippen für einen langen und innigen Kuss auf ihre.

Epilog Kelbi

Acht Monate später

Sehr gut. Vielen Dank für die Info, Edwina“, sagt Gabriel und beendet das Telefonat.„Alles okay bei Leo?“, frage ich, während er das Handy in die Innentasche seines Smokings steckt.

„Ja, alles bestens. Er ist gerade eingeschlafen.“

Das erleichtert mich. Heute Nachmittag waren wir mit ihm zum ersten Mal auf einem Indoorspielplatz, und ich hatte Sorge, die vielen Eindrücke würden ihn nicht einschlafen lassen.

„Edwina meint, er wäre fix und fertig gewesen.“

„Das wundert mich nicht, so oft, wie er zur Elefantenrutschbahn hochgetigert ist.“

„Ja, die hatte es ihm besonders angetan. Wenn er so gerne rutscht, was hältst du davon, wenn wir nächstes Wochenende mit ihm in diesen neuen Water Park in South Boston gehen? Die haben da Rutschen für jedes Alter.“„Das klingt super! Leo wird begeistert sein.“ Der

Gedanke, mit unserem Kleinen Bam Bam – so nennen wir Leo, weil er zurzeit alles auseinandernimmt und abreißt – eine Wasserrutschbahn hinunterzubrausen, lässt mich lächeln.

Der Water Park wird ihm bestimmt gefallen.

Mein Blick fällt aus dem Seitenfenster des Wagens, woraufhin mein Herz wie wild zu wummern beginnt.

O Mann, wir sind gleich da.

Nervös reibe ich die Hände aneinander, als Malroy sich mit dem Bentley in die Schlange wartender Autos einreiht, die vor dem *Golden Lady* Schlange stehen. Es ist Silvester, was bedeutet, dass die große Gala im Hause Nixon ansteht. Dieses Jahr findet sie zugunsten der Opfer statt, die wegen des Schneesturms Hillary ihr Leben ließen. Die Presse wird da sein, Politiker, Prominente und natürlich Gabriels Familie. Gott, ich sterbe vor Aufregung. „Ist alles in Ordnung?" Gabriel, der in seinem schicken Frack neben mir sitzt und anbetungswürdig gut aussieht, nimmt meine Hand in seine.

„Ich war noch nie auf einem so großen Event. Was, wenn ich über die Schleppe meines Kleids stolpere?" Es ist ein maßgeschneidertes Designerstück mit silbrigen und blauen Pailletten, das meine Figur wie eine zweite Haut umschmeichelt.

„Keine Sorge." Er schenkt mir ein perfektes Lächeln und legt einen Arm um mich. „Das wirst du nicht, weil ich den ganzen Abend über an deiner Seite sein werde. Ich lasse nicht zu, dass du stolperst", verspricht er und küsst meinen Handrücken.

Gabriel ist ein fantastischer Mann. Ich habe keine Ahnung, womit ich jemanden wie ihn verdient habe. Er ist einfühlsam, verständnisvoll und hat ein riesengroßes Herz.

Nachdem er sich entschieden hat, Leo zu behalten, hat er am Stadtrand ein Haus für uns gekauft, in dem er auch direkt sein Büro eingerichtet hat. Er nimmt sich so oft es geht frei, um mit dem Kleinen und mir Zeit zu verbringen.

Leo wurde im August adoptiert. Leider nur von Gabriel, da wir zwei nicht verheiratet sind. Aber das wird sich kommenden Sommer ändern, denn Gabriel hat mir einen Antrag gemacht. Am Tag von Leos Adoption hat er mich unter einem Vorwand in den *Franklin Park Zoo* und zum Gehege der Giraffen gelockt. Die beiden Tiere hatten große Schilder um den Hals hängen. Auf dem einen stand „Will“ auf dem anderen „you“. Und dann entdeckte ich Gabriel und Leo, die umringt von Leah und all ihren Waisenkindern um die Ecke kamen. Alle waren sie weiß angezogen. Gabriel und Leo trugen Anzüge und hatten ebenfalls Schilder dabei. Auf Leos stand „marry“ und auf Gabriels „me?“.

Will you marry me?

Ich war so ergriffen, dass ich in Tränen ausbrach.

Wie gesagt, er ist ein wundervoller Mann. Darum hoffe ich, dass heute alles gut geht, denn es ist der Abend des großen Ultimatums. Heute wird sich herausstellen, ob alle Nixon-Brüder die Forderung ihres Vaters erfüllt haben und die sechs ihr Erbe bekommen. Gabriel behauptet zwar, dass es ihm egal ist, wenn er nicht CEO von *Nixon Holdings* wird, aber ich denke, er flunkert. Das Imperium bedeutet ihm mehr, als er zugeben will.

Tja, denke ich bei mir, *Gabriel hat seinen Part erfüllt, wir werden sehen, wie es den anderen Brüdern ergangen ist.*

Was auch immer passiert, ich werde hinter ihm stehen und für ihn da sein. Hinter dem Mann, der mir die Augen geöffnet und gezeigt hat, dass ich nicht wie meine Eltern bin. Dass ich ein Recht auf Glück und eigene Kinder habe. Der Mann, den ich nicht gesucht und doch gefunden habe und den ich mehr als alles auf der Welt liebe. Meinen Mr. Bigboss.

ENDE

Das ist das Ende von Gabriels und Kelbis Geschichte, aber nicht das Ende der Story über die Nixon-Brüder.

Darum geht es in den weiteren Bänden:

Eine Grundschullehrerin mit Studium-Kredit und ein Milliardär, der ihr ein unmoralisches Angebot macht.

Band 2 „Schwanger von Mr. Cruel“ von Lana Stone

Ein gelangweilter Selfmade-Milliardär, ein Bodyguard-Auftrag und ein unerwartetes Wiedersehen.

Band 3 „Ein Baby von Mr. Heartless“ von Rebecca Baker

Ein Arzt, ein knallhartes Ultimatum und eine Schönheit, die genau zur richtigen Zeit am richtigen Ort ist.

Band 4 „Plötzlich Daddy – Eine Familie mit Mr. Right“ von Ava Avery

Eine unverfängliche, heiße Nacht und eine Schwangerschaft, die so nicht geplant war!

Band 5 „Ungeahnte Folgen mit Mr. Icecold“ von C.R. Scott

Ein Herzenswunsch, die Entscheidung dem Glück auf die Sprünge zu helfen und eine Nacht mit dem Boss.

Band 6 „Baby Suprise vom Boss“ von Christina Young

Über die Autorin

Christine Troy wurde 1981 in Dornbirn, Österreich, geboren. Glücklich verheiratet lebt sie mit ihrem Mann und den beiden gemeinsamen Kindern bis heute im beschaulichen Vorarlberg. Die Leidenschaft fürs Schreiben entdeckte sie erst mit Ende zwanzig. 2015 wechselte sie vom Jugendfantasy- ins Romance- Genre, wo sie sich über eine große und stetig wachsende Fanbase erfreut. Neben dem Schreiben arbeitet Christine als Werbesprecherin.

Impressum

Christine Troy
Altacherstrasse 35
A-6840 Götzis
Österreich
www.christinetroy.at

Printed in Poland
by Amazon Fulfillment
Poland Sp. z o.o., Wrocław

21487130R00140